KB079797

삶을 이어가라!

마음이
내게 말하다

삶을 이어가라!
마음이 내게 말하다

초판 1쇄 인쇄 | 2022년 7월 20일
초판 1쇄 발행 | 2022년 7월 29일

지은이 | 구흠모
펴낸이 | 최화숙
편　집 | 유창언
펴낸곳 | **아마존북스**

등록번호 | 제1994-000059호
출판등록 | 1994. 06. 09

주소 | 서울시 마포구 성미산로2길 33(서교동) 202호
전화 | 02)335-7353~4
팩스 | 02)325-4305
이메일 | pub95@hanmail.net | pub95@naver.com

ISBN 978-89-5775-292-0 03810
값 15,000원

* 아마존북스는 도서출판 집사재의 임프린트입니다.

삶을 이어가라!

마음이 내게 말하다

구흠모 에세이

아마존북스

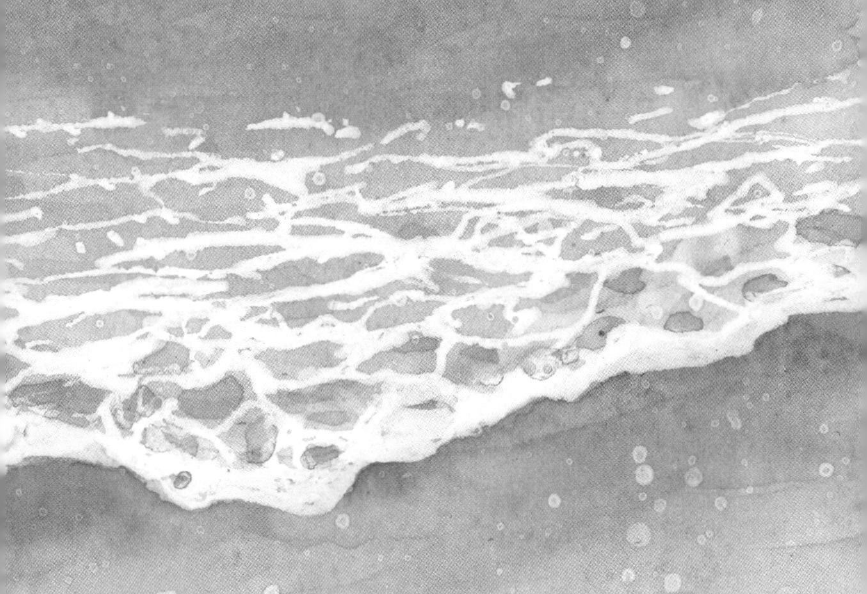

삶을 이어가라.

그리고,

살아 있다면 사랑하라.

—서문을 대신해, 구흠모

차 례

| 쉼. 하나 |

어제의 나 오늘의 나 내일의 나

| 쉼 . 둘 |

정답과 오답

| 쉼 . 셋 |

지금을 살아가다

| 쉼 . 넷 |

삶을 이어가다

| 쉼. 다섯 |

언젠가

| 쉼. 여섯 |

시(詩) 너를 만나니, 나를 만나다

| 쉼. 하나 |

어제의 나
오늘의 나
내일의 나

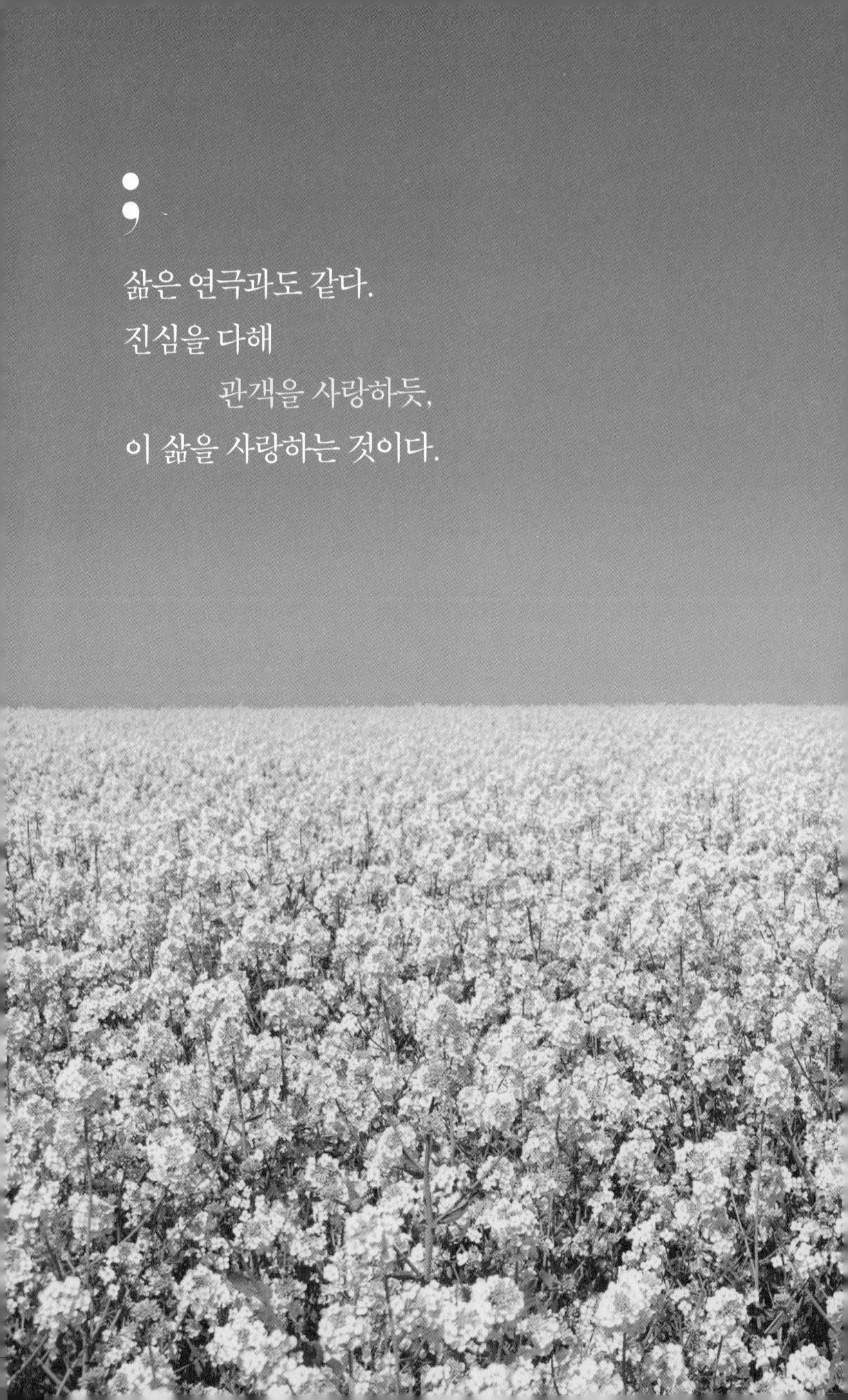

;

삶은 연극과도 같다.

진심을 다해

관객을 사랑하듯,

이 삶을 사랑하는 것이다.

✧

나, 나, 나

어제의 나 오늘의 나 또 다른 나

무얼 찾고 무얼 배워 가는지

어제의 나보다 나아졌는지

오늘의 나는 어제의 내가 아닌 또 다른 나.

어제까지 살아준 나를 떠나보내며 오늘의 나로 살아간다.

하루하루 새로움을 가지며 나를 만들어 간다.

어제의 나는 오늘의 나를 위해 살아옴에 감사하며

오늘의 나는 내일의 나를 위해 삶을 이어가네.

어제의 나

오늘의 나

내일의 나

우린 서로 영원히 만날 수 없는 공간에 있지만

서로를 응원하는 친구가 되어

나란 삶을 이어간다.

꼰대

라떼는 말이야…

불만 가득 꼰대는 '라떼는 말이야'를 밥 먹듯 내뱉는다.

이렇게 하든, 저렇게 하든 말이다.

꼰대는 그냥 너의 청춘을 부러워하고

너의 열정을 그리워할 뿐

별 마음이 아니니 마음 두지 않기를.

사랑 애(愛)

시냇가 들판에 핀 이름 모를 작은 꽃
언제 보아도 예쁘다.
넓은 들판에 이리저리 뛰노는 강아지
사랑스런 미소로 쳐다보네.

그런 넌 어떻니? 예쁘니? 사랑스럽니?

거울에 비친 널 보며 사랑스런 미소로 웃음 주니?
따뜻한 너의 마음 손을 대고 위로해 주니?

왜 너의 마음을 네가 사랑하지 않는지.

남에게는 한없이 친절하면서
너 자신에겐 왜 불편하게 만드는지.

네 마음을 너가 이해해 주지 않으면
누가 널 위로하니.

네가 널 좋아하지 않으면
누가 널 사랑하니.

사랑은,
'내 마음 내가 먼저 알아주며,
안아주며, 웃어주며, 때론 다독여
따뜻한 온기가 싹틀 때 세상 모든 것들을
사랑으로 맞아주고 예뻐하는 애(愛).'

어른아이

하루하루 삶을 지나 어느덧 어른이 된 우리
무얼 할지, 무얼 먹을지 몰라 투정 부리며
가진 것 나누지 못하는 덩치 큰 우린
생각은 아직 자라지 못한 어른아이.

세상 것 내 것인 양 으스대며 살아간다.
내 생각과 고집만 우기는 고집불통
내 말은 맞고 남 말은 틀리다는 우린
우리는 아이보다 못한 덩치 큰 어른아이.

우린 어른일까?

고집쟁이 아이일까?

이 작은 마음에 무얼 심으려 하는 걸까?

무엇을 그리며, 바라며 살아가는 걸까?

내 안에 살아가는 작은아이

바쁜 삶 달려오느라 돌보지 못한 아이

마음 한구석 움츠리고 앉아

혼자 울며 나를 안아달라 소리친다.

하던 일 잠시 내려두고 그를 내 품에 안으니

작은아이는 다시 방긋 웃으며 나를 바라보다

어느새 내 품에 안겨 스르르 잠이 든다.

우린 사랑이 필요한 어른아이.

✧

거울아 거울아
이 세상에서 누가 제일 예쁘니?

거울아 거울아 이 세상에 누가 제일 예쁘니?

물론 당신이죠.

이 세상에 누가 제일 잘생겼니?

물론 당신이죠.

이 세상에서 누가 제일 못났니?

몰론 당신이죠.

그럼 잘난 사람은?

당신이죠.

뭐야! 이런 줏대 없는 놈

너의 말 못 믿겠어.

진짜인데요. 한번 웃어보세요.

이렇게?

네, 그렇게요.

당신이 웃을 때,

이 세상에서 제일 예쁘고 사랑스러워요.

✧

마음이 내게 말하다

마음이 내게 말하다.

삶을 이어가라고

길을 가다 개똥을 밟아도

누군가 내 것을 훔쳐가도 말이다.

삶은 살아 있을 때 삶이라 부른다.

그러니

이 삶을 이어가라.

이왕이면

꿈을 꾸고 그 꿈 놓지 말라

마음은 오늘도 내게 말한다.

삶을 이어가라!

✧

차박

밤이 깊어 침낭을 깔고 누워

잠을 청하지만 잠은 쉽게 오지 않아

좁은 차 안 이리저리 누워 보았지만

불편함은 쉬이 떠나지 않는다.

발을 뻗으면 머리를 숙여야

머리를 펴면 무릎을 구부려야

마냥 몸은 두루마리 휴지처럼

둘둘 말려 움츠려든다.

이 좁은 공간 나의 몸은 굳어만 가고
편안한 침대가 그리운데
그렇게, 불편함과 실랑이를 하다
어느새 스르르 잠이 든다.

고요한 새벽, 창 밖은 이슬이 맺히고
작은 풀벌레 소리, 파도 소리, 바람 소리
어릴 때 듣던 자장가처럼 들려와
내 마음을 덮어준다.

마음에 따뜻한 온기가 돌고
몸은 물속처럼 자유롭게 떠다니고
밖에서 들려오는 자장가 소리들
마치 그곳은,
어머니의 뱃속 같아.

때가 되면

아이가 태어나기도 잠시
밤새 젖 달라며 우는 아이를 보며
'잠 좀 자자 잠 좀 자', '날 왜 이렇게 힘들게 하니'
투정을 부렸네.
때가 되니, 쌔근거리며 잘 자더라.

아이가 기어 다니며
온 집안을 이리저리 헤집고 다닐 때
'조심해', '다치겠다', '지지, 거긴 안 돼'

마냥 안 됨을 외치다
때가 되니, 안 기더라.

아이가 걷기 시작하자
물건들이 남아나지 않았다.
'조심해', '그건 안 돼', '우유 쏟았잖아', '좀, 앉아 있을래'
말이 통하지 않았다.
때가 되니, 혼자서도 잘 걷더라.

아이가 뛰어다니기 시작하자
시도 때도 없이 뛰는 아이를 보며
'뛰지 마 다쳐', '그 봐, 뛰지 말랬지 다친다고'
넘어질까 마냥 불안해했다.
때가 되니, 절대~ 안 뛰더라.

아이가 궁금한 것이 많아지니
'이건 뭐야?'
시도 때도 없이 물어보는 아이에 지쳐
'잘 모르겠는데 엄마에게 물어볼래'

나의 짐을 그에게 넘겼다.
때가 되니, 주객이 바뀌어 내가 묻더라.

아이가 나만큼 키가 커지니 생각도 커졌다.
'내 하고 싶은 대로 할게요. 한두 살 난 애도 아니고'
문을 닫고 들어갔다.
이렇게 실랑이를 반복하다 세월이 흘러
때가 되니, 내가 혼나더라.

또 다른 일들이 다가와도 세월이 지나 때가 되면
이 또한 지나고 지나가는 것을
그 시간 내 추억이 되고 나의 일부가 되어 내 안에 남는다.
그것들을 사랑하며 새로운 날들을 기다린다.
때가 되면, 이 또한 지나가는 것을.

존재

선은 공간을 만들고 나누기도 한다.
시간도 나를 만들고 나누기도 한다.
그림자가 드리울 때 빛이 있음을 알 수 있고
나뭇가지가 흔들릴 때 바람이 있음을 안다.
우린, 삶을 살아갈 때 비로소 존재한다.

게으름뱅이

작은네모상자에갖혀그냥살아가는나
변화하려하지않고그냥앉아만있는나
무얼할지무얼먹을지관심없이있는나
나를무기력으로만드는난게으름뱅이
세상의변화에도나는그냥여기서있네
어딜가야할지누굴만나야할지모르며
무얼하고놀아야할지그저웃기만한나
아무것도하지않고그저누군가와주길
나는게으름뱅이상자안의게으름뱅이

길은 말없이
그 길을 내어준다

이른 아침 집 앞길은 손님을 맞으러 부산을 떤다.

오늘은 또 어떤 귀한 손님들이 올까

어제 파티에 참석한 사람들 오늘도 또 올까?

동이 트기 전 이른 새벽 친한 친구가 찾아온다.

친구인 청소부는 늘 그렇듯 말없이 빗자루를 꺼내어

간밤에 손님들이 버리고 간 쓰레기들을

쓸고 모으고 청소한다.

그 길은 금세 빛이 나고 귀한 손님을 맞을

근사한 레드카펫이 된다.

드디어 첫 번째 손님이 길을 밟는다.
그는 말끔한 정장을 입고 반짝이는 구두를 신고
당당하게 걸어온다.
어느새 정류장 앞 작은 토스트 가게에서
토스트와 우유 하나 사 들고
이른 첫차를 타러 가던 길을 재촉한다.
편안하게 식사 한 끼 할 수 있는
조금의 여유가 생기길 길은 응원한다.

예쁜 정장을 차려입은 청년은
한 손에 면접서류를 들고 초조한 마음으로
종종걸음으로 길을 밟는다.
방금 차를 놓쳤는지 시계를 연신 쳐다보며
다음 차가 빨리 와주길 기다리고 있다.
내일은 방긋 웃는 모습을 볼 수 있기를
길은 조용히 기도한다.

가방을 멘 세 명의 친구들이 발을 맞춰 함께 길을 밟는다.
학교 가는 길 저마다의 멋으로 자신의 맵시를 뽐내고

재잘거리며 서로의 꿈 이야기들을 이어간다.
먼 훗날 이 길을 다시 밟을 때
그 꿈들이 이뤄지길 길은 응원한다.

저 멀리서 재잘거리는 소리가 들려 돌아보니
꼬마아이는 엄마와 아빠 두 손을 잡고 길을 밟는다.
노란 가방을 메고 비행기 되어
껑~~충 껑~~충 하늘을 날아오고 있다.
지금처럼 웃는 얼굴로 무럭무럭 자라나길 소망한다.

오늘도
길은 말없이 그 길을 내어준다.

실수투성이

오늘도 난 실수를 하며 살아가

뭐든 잘 되지 않고

늘 허둥거리며 살아온 나

무얼 얻고 무얼 나누고 무얼 버리며

살아야 하는지 알 수 없어

작은 실수에도 작아지고

작은 구멍을 찾아 들어가고 싶어지지

왜 나는 이렇게 실수투성이인지

내 맘 같지 않은 나

작은 실수에도 난 나를 잃어 버려

긴 밤을 자야 하는 것이 두려울 때가

아침이 오는 것이 두려울 때가

누굴 만나야 하는 것이 두려울 때가

오늘도 난 실수투성이.

삶이 그러하니

문제가 어렵니, 빈손으로 나가 조금 걸어봐.

몸이 굳었니, 신나는 음악을 틀고 그냥 춤을 춰봐.

생각이 복잡하니, 포스트잇에 그 생각 하나씩 적어봐.

마음이 힘드니, 나만의 맛집에서 식사 한 끼 해봐.

사랑이 필요하니, 펜을 들고 그에게 편지를 써봐.

삶이 그러하니, 배꼽 빠지듯 웃어봐.

기분이 조금 나아졌니,

그럼 된 거다.

✧

암 덩이가 늦게 찾아오면 좋겠어

언젠간 네가 내게 찾아오겠지

모를 일이지 이미 너는 내 몸 어딘가 자리를 잡고

조금씩 자라고 있을지도.

그런데

네게 한 가지 부탁이 있어

내게 네가 조금만 늦게 찾아와 줄래

아프지 않게 찾아와 줄래

아주 천천히 찾아와 주면 좋겠어.

왜냐하면

난 아직도 사랑을 더 하고 싶어

베풀어야 할 빛이 있어

나눠야 할 이야기들이 많이 있어

도움을 줘야 할 사람들도.

그래서 다 이루었을 때 찾아와 줄래

그러면 너를 꼭 안아줄게.

1000원

사진 한 장 찍을까?

안 찍을래요.

왜? 그냥이요.

찍자.

안 찍을래요.

500원 줄게 사진 한 장 찍자?

음… 그럼 1000원 주세요.

그래? 알았어.

그렇게 1000원에 귀한 사진을 찍었다.

다음에도 1000원 줄게 사진 찍자.

음… 다음에는 2000원 주세요.

그는 돈 버는 재주가 있다.

그리고 난 그의 현재를 1000원에 산 것이다.

언제나 보고 싶을 때 그를 꺼내 볼 수 있는

지금 이 순간을 1000원에 산 것이다.

럭셔리

럭셔리는

럭셔리를 알아보는 법.

럭셔리를 걸치기 전

네 마음부터 헤아려보자.

럭셔리인지, 구정물인지, 싸움닭인지

네가 럭셔리가 아니면

아무리 럭셔리를 걸쳐봐야

그 폼은 똥폼, 풍체는 허풍, 생각은 빈 깡통

럭셔리를 걸쳤지만

아무도 알아주지 않는 상거지.

럭셔리는 럭셔리가 알아보는 법.
내가 럭셔리인데 럭셔리를 왜 찾아
근데 가지고 싶다… 럭셔리이니까.
그런 넌 럭셔리?

나의 소리

나의 소리는 허공을 지나 내게 돌아온다.
사랑을 말하면 나를 먼저 사랑하는 것
누군가에게 욕을 하면 나를 욕하는 것
내가 한 말 모든 것들 내가 먼저 듣는다.

생각이 맴돌 때 그 생각은 내게 돌아온다.
즐거움을 생각하면 웃음이 나고
화를 내면 얼굴이 일그러진다.
내가 가진 생각들은 나의 몸을 움직이며

때론 암이 되고 때론 근육이 되어 머문다.

심장이 뛸 때 그 소리 내게 돌아온다.
사랑을 하면 나를 사랑하는 것
누군가를 미워하면 나를 미워하는 것
내가 가진 그 마음들 모두 내 안에 머문다.

그렇게 내가 남기고 담아둔 모든 것 날 떠나지 않고
내 안에 남아 내 삶의 일부가 되어 남는다.
그 모든 것들이 다시 내게 돌아오는 것은
꽃이 피고 지는 것, 연어가 돌아오는 것처럼
세상 모든 것들의 삶의 섭리, 삶의 이치 아닐까?

즐거운 마음으로
좋은 생각으로
맑은 나의 소리로
모든 것들을 사랑하며 살아야 할 이유인 것을.

악마와 천사

내 맘속 다달이 월세를 내며 살아가는

악마와 천사

매 순간 둘은 서로를 으르렁거린다.

싸우지 말라 하여도 내 말을 듣지 않아.

미움, 시기, 질투…

악마는 새로운 무기를 만들어 오늘도 쳐들어오니

천사는 그것들을 방어하느라 눈코 뜰 새 정신이 없다.

그들이 싸울 때면

난 상처 나고 성한 곳 하나 없어

상처받고 무기력에 빠져 하루를 살아간다.

천사가 다시 전열을 가다듬고

방어막을 만들기도 전

악마는 어느 순간 또 다른 새로운 무기를 들고 나를 찔러.

억지 같은 새로운 논리와

상상도 못한 황당한 신종 무기에

나는 또 만신창이가 되어

하염없이 어딘가를 헤맨다.

나를 그만 내려놓으려 할 때쯤

그럴 때면 언제나 천사는 다시 사력을 다해

그들은 나를 구하러 온몸으로 방어한다.

어느 전쟁보다 치열한 나만의 전투

내가 이렇게 살아 있는 건

천사가 이겨주기 때문이고

또한 하루하루 살아가는 건

천사가 다시 이겨주기를 응원할 뿐이다.

태양과 나

태양은 매일 뜨고 지네
구름에 가려 보이지 않는 날
그는 사라진 것 아닌 구름 뒤에 잠시 숨어 있을 뿐
우리가 보지 못할 뿐
사실, 그는 뜨고 지는 것이 아닌 그 자리에 있을 뿐.

태양이 있듯 나도 있네
누군가와 만나고 헤어지고
또 다른 만남을 가지며 이 자리에 있을 뿐.

어제도, 내일도 아닌

지금 이 순간 여기 현재의

삶을 이어가는 나란 존재란 걸.

태양과 나는 사라지는 것이 아닌

여기 이 자리에 존재하며 지금을 살아갈 뿐.

✧

꿈의 나라

깊은 밤 잠든 나를 깨워 데려간 그곳
한번도 깨어 가보지 못한 꿈의 나라.
이곳에선 꿈꿔온 것들이라면
무엇이든 어디든 될 수 있고 갈 수 있네.
매일 어디론가 떠나는 밤의 여행
악몽과 싸우기도 하고 길몽에 웃으며
때론 영웅이 되기도 하고,
때론 사랑하는 사람들과 함께 차를 마시고
이야기를 나누며 여행을 떠나기도 하네.

꿈의 나라에선 그곳이 세상이 되고 내 삶인 것을,
또한 그 꿈들은 내가 살아가는 세상과 연결되어
이 삶들을 기획하고 조정하며 움직이네.
오늘도 꿈은 나를 깨워 어디론가 데려간다.
그곳은,
내가 꿈꾸는 꿈의 나라.

| 쉼. 둘 |

✧

정답과 오답

;

세상에 정답은 없어.

오답을 아는 지혜

조금 있으면 되지 않을까?

✧

내 나이 되어 보면

큰 가방을 메고 처음으로
학생이 되어 즐겁게 학교를 갈 때,

밤낮 열심히 공부하여
내가 가고픈 학교를 들어갈 때도,

그 어렵다던 직장의 문을 넘고 들어가
업무로 힘든 생활을 할 때도,

사랑하는 짝을 만나
세상 다 가진 것처럼 웃으며 결혼을 할 때도,

열 달을 엄마 뱃속에서 지낸 후
기다리고 기다리던 아이가 태어날 때도,

아이가 밤새 열이 나 어떻게 해야 할지
안절부절못하다가 응급실을 찾아갈 때도,

그러던 아이들이 성장하여
사랑하는 짝을 만나 새로운 가정을 꾸릴 때에도,

그리고 어느덧 때가 되어
부모님이 떠나갈 때도 그는 내게 말씀하신다.

'내 나이 되어 보면 안다.'
부모님은 사랑이고, 세월은 스승인 것을
그때가 되어 내 나이 되어 보면 안다.

✧

쉼과 게으름

‘밥을 먹고 쉬면 쉼이고
먹지 않고 쉬면 게으름이다.’

밥은 먹었니?

✧

인생의 오답

인생의 오답은 없어
정답을 찾아가려는 슬기
용서할 수 있는 용기
도전할 수 있는 패기
나눌 수 있는 나의 이야기.

그리고 누군가 내가 필요할 때
그의 이야기를 들어주고 안아줄 수 있는
따스한 조그만 마음.

인생의 정답도 없어
오답을 들여다 볼 수 있는 지혜
함께 나눌 수 있는 은혜
하늘을 담을 수 있는 천혜.

그리고 나의 이야기를 쓰고 싶을 때
사랑하는 사람에게 편지를 쓸 때
펜을 들 수 있는 힘 조금.

✧

사람마음

사람마음 모른다.
웃고 있어도 울고 있고
울고 있어도 웃을 수 있어.

생각은 늘 보이는 것을 제멋대로 해석하고
무엇이 내게 유리한지 고민하다
그 생각이 틀리면 또 다른 틈을 찾아
하염없이 머릿속을 헤맨다.

'열 길 물속은 알아도 한 길 사람 속은 모른다'는 속담 있듯
쉽게 사람마음 알 수 없네.
시시때때로 바뀌는 마음은 나조차도 알지 못해
마음은 그냥 몸에 배어 나는 것
어떤 생각을 하는지 알 수는 없지만
행동 말 표정 눈빛 하나하나 모여 그 맘을 대변해준다.
그렇게 하루하루 쌓여 어느덧 나란 놈이 되어 간다.
쌓여 있는 세월 속에 숨기려 해도 나란 놈은 금세 들통 나며
내가 아무 말 하지 않아도 몸짓에 얼굴에 쓰여 있다.

행복한 것은 마음과 몸이 하나되어
그저 웃을 수 있는 생각들로 가득 차면 되지 않을까?

✧

늙음이 젊음에게

젊음이란,

꿈이 내 삶이다

모든 것을 꿈꾸며 그 꿈을 이루기 위해 달려간다.

늙음이란,

내 삶이 꿈이다

지금까지 살아남은 것이 꿈이지 않고 무엇이랴!

늙음이 젊음에게 말한다.

그 꿈 놓지 마라!

늙음이 찾아올 때 그 꿈은 너의 현실이 된다.

나다움

우린 서로 다름으로 살아가
저마다의 방식과 생각으로 그리고 행동으로.

같은 그림을 보고 음악을 듣고 밥을 먹어도
생각은 차이 나고
마음의 깊이는 달라.

세상은 하나지만 마음은 수십억이란 걸
이 세상에서

그 마음들이 함께 살아간다는 건
서로 다름을 인정하고 그 마음을 헤아리는 것.
그 다름을 알 때
우린 나다움을 알아간다.

나의 말과 표정과 행동으로 나를 나타낼 때
나의 마음은 깊어지고
생각은 지혜가 되어
세상을 이해하고 그들과 함께 살아간다.

내가 나다워짐은
우리 서로 다름을 아는 것
나다움으로 살아갈 때
그 다름은 더 선명하다.

그렇게
다름과 나다움은 하나가 되어
이 세상에 함께 머문다.

One or Zero

우린 기계가 되어 간다.
응 또는 아니야에 익숙해지면
그 대답을 원한다.

나 사랑해? 응.
나 미워해? 응.
나 좋아해? 응.
이거 해줄래? 아니 너가 해.

그런데,

우리 마음에는 1과 0이 없다.

조금 더가 있을 뿐이다.

그 수치를 어떻게 표현할까

0.999999 만큼 좋아해? 안 좋아해?

안 좋아하는 마음에도 좋아하는 마음이 있다는 것,

좋아하는 마음에도 작은 불편한 마음이 있다는 것.

우린 1과 0으로 만들어진 기계이진 않아

1 또는 0이 아닌

미움에 사랑이 있고

사랑에도 미움이 있기에

조금 더 믿어 주고 사랑 주고 아껴 주고

우린 마음을 나누는 사람인 걸.

조금 쉬었다

힘들 땐 조금 쉬었다 가세요

인생이란 것은 그리 짧은 것이 아니에요

한번에 끝낼 수 있는 것이 아니에요.

마라톤이 왜 42.195km인지 아시나요

더 뛰면 죽으니까요

물론, 조금 더 뛸 수 있죠

하지만 인생만큼 길진 않아요. 채 하루도 못 뛰어요.

그러니

인생 살다 힘들 땐 조금 쉬었다 가도 괜찮아요

잠시 돌아보고 다시 출발해요

너무 오래 앉아 있지는 마세요

거기에 주저앉으면 꽝이에요 인생 꽝.

그러니

힘들면 잠시 쉬고, 쉬었다면 다시 일어서 봐요

그게 인생이거든요.

빛바랜 사진 한 장

사진 속 빛바랜 나의 기억을 찾아 꺼내 본다.
그곳엔 내가 들어 있고 지난 세월의 흔적이 남아 있다.
잠자던 뇌는 뉴런들을 움직여 그 기억들을 다시 이어준다.
그 순간 그 시간으로 넘어가 큰 꿈들을 키워가던
그 시절 나를 만난다.
그는 지금의 나를 모른 체 그때를 살아온 것
나를 위해 그 삶이 있었음에 감사한다.

카메라를 열어 지금 나를 사진 한 장 남겨 본다.

세월이 지나 훗날 이 사진을 열었을 때
지금의 나를 기억할 수 있도록 말이다.
미래의 너를 위해 지금을 치열하게 살았다는 것을
이야기해 주고 싶다.
너를 위해 이 삶을 이어갈 수 있음에 감사한다.

사진을 남기는 건 나를 남기는 것
사진은 나를 더욱 선명하게 만들고 이곳에 머물게 한다.
단지 빛바랜 사진이 아닌 나의 뇌를 탐험하는
타임머신의 열쇠이기도 하다.
오늘은 어떤 순간을 남길까
또 어디로 타임머신을 타보고 떠나 볼까
행복한 고민들 이 마음을 흔든다.

너와 나그네

나의 그대에게 나의 이야기를 숨긴다.

힘이 들어도 고민이 있어도

난 괜찮아!

왜냐하면 네가 내 일들로 불편해할까 봐

조용히 말하지 않고 내 선에서 정리하려 한다.

사랑도,

그러는 건 아닌지 모르겠다.

사랑을 표현하지 않고 이야기하지 않고

그저 내 사랑을 알아봐 달라
마음속으로만 외치고 있는 건 아닌지
그냥 내 선에서 정리하려는 건 아닌지
왜냐하면 네가 부끄러워할까 봐 말이다.

그러나,
불편과 사랑은 바로 맞닿아 있다.
그러니 기쁨을, 아픔을 함께 나누면 너가 되고
나누지 않으면 그냥 잠시 머물다
홀연히 떠나가는 나그네일 뿐.

너도 이제 쉬렴

부엌 선반장 문 하나가 열려 있네
누가 열어둔 걸까?
꽤 오랫동안 열려 있었던 것 같다
아무도 한 일이 없는데 어떻게 저 문이 열려 있는 건가
가족 누군가 열어 두었나?
귀신이 열어 두었나?
아니면 도둑이 들어왔나?
물음은 물음을 불러왔다.

그러던 찰라 내 앞 책상 위에
가지런히 놓여 있는 낙엽들
빨간 단풍잎 하나,
노란 은행잎 둘,
갈색 참나무 잎 셋,
하나같이 빛깔이 곱다.

이제 그 물음에 답을 할 수 있을 것 같다.
이른 새벽 길을 걷다 주워온 낙엽들
깨끗이 씻어 간직하기 위해
선반 위에 놓여 있는 그릇 하나 내리려 문을 열었던 것
그리곤 그대로 쭉 열려 있었네.
낙엽들을 빨리 씻어 말리고 싶어
알록달록한 나뭇잎 색깔에 이 마음 주다 문을 잊어버렸다.
문을 닫는 것조차 잊어버렸다.
문은 나를 찾아줄 때까지 거기서 기다리고 있었던 것
열려 있는 그 문에 미안함이 밀려왔다.

꼬리에 꼬리를 문 물음들은 사라지고

이젠 웃음으로

잘 마른 그릇을 다시 올려두고

살포시 그 문을 닫아 주었다.

너도 이제 쉬렴.

36.5도

태양의 온도 육천도
남극의 온도 영하 사십도
몸의 온도 36.5도
하지만, 태양보다 더 뜨거운 열정
남극보다 더 차가운 냉철함.

체온이 높으면
고열이 찾아와 몸의 문제를 알리고
체온이 낮으면

저체온증이 찾아와 때론 죽음을 맞이하기에
몸은 24시간 삶의 온도를 맞춰 간다.

365일 우리를 숨쉬게 하는 알맞은 삶의 온도
사랑하며 살아가기 딱 좋은 온도
36.5도.

마음고집

마음은 내게 시도 때도 없이 이런저런 마음을 전한다.

이것 좀 해달라 저것 좀 해달라

고집스럽게 조르고 있는 내 마음

난 그 마음들을 모두 저버린 채 내 생각대로만 살아가려 해.

그런 나를

마음은 눈치만 보며 함께 살아간다.

내가 죽으면 그도 그리 되고
내가 도망치면 그도 따라오는
마음은
혼자 죽을 수도 살 수도 없는 운명이기에 미우나 고우나
나를 따라다닌다.

나 좀 내버려 두라고 두라고 말해도
나 혼자 있고 싶다고 소리쳐도
마음은 떠나 가지 않고,
아니 떠나 가지 못하고 내 안에 머물며
나를 기다리고 기다리고 기다린다.
그 마음 알아줄 때까지.

파도의 운명

망망대해를 넘어 먼 길 달려와
해변에 부딪힌 파도는 산산이 부서진다
무얼 전하려 이렇게 멀리까지 왔을까.

아마도, 파도는 하얀 물거품을 만들어
누군가 남긴 삶의 발자국들을 지우기 위해
서로를 밀어주며 여기까지 왔나 보다.

이리저리 뛰어다닌 아이의 발자국
두 손 잡고 걸어간 연인의 발자국
홀로 먼 길 걸어온 한 노인의 발자국
사람들이 남긴 수많은 삶의 발자국들.

그 모래 위에 누군가 다시 발걸음을 옮긴다
이내 파도는 그 발 가까이 다가와
어떤 생각하냐며 그의 발을 간지럽힌다
말없이 그를 어르고 달래며 씻어준 뒤
그러곤 다시 미지의 세계로 떠나간다.

그곳에선 또 어떤 사람들이 기다리기에
잠시 쉬지 못하고 다시 먼 길 떠나가는 걸까
파도의 운명은 끝이 없다.

조작된 기억

뇌 속 잠자던 기억을 꺼내어 조작한다.

거짓을 진실처럼

없는 것을 있는 것처럼

그렇게 조작으로 뇌는 하나 둘 멍들고

아무런 생각할 수 없게 세뇌가 되어

생각 없이 말하고

본능적으로 대꾸하며

싸움닭처럼 아무것에나 몸을 던지니

아메바랑 무엇이 다를까?

조작은 조작을
핑계는 핑계를
뇌는 하나 둘 쓸모 없는 세포들로 변해
기생충이 되어 간다.

어느덧 조작된 기억은 나인 것처럼 움직이고
어느 것이 진실인지 알 수 없는 생각들
그 생각은 잿빛으로 물들어
아무 형체도 없고 색깔도 없는 무채색이 되어
이젠 보이지 않는 무생물이 되었다.

아마추어

나를 부정하며 내게 게으름을 피우고
작은 힘듦에 그만 침대에 몸을 던져
일어나지 않으려 용을 쓴다.
작은 실수에도 나의 몸은 달아올라
어쩔 줄 몰라 침대 옆으로 숨어 버리는 아마추어 같은 삶.

그 삶이 나를 다시 누를 때면 난 다시
침대에 누워 버려 일어나기를 포기하고
또다시 어디론가 숨어 그것이 지나가길

기다리다 지쳐 다시 잠이 드는 아마추어 같은 삶.

삶은 내가 생각한 대로 움직인 대로
만들어지는 걸 알까? 모를까?
아마추어가 아닌 한 발 한 발
발맞추어 가는 그 삶임을
프로는 그저 아마추어보다
몸을 일으켜 한 걸음 더 걸을 뿐.

몸과 마음의 거리 1nm

몸이 아프면 마음이 아프듯
마음이 힘들면 몸도 힘이 든다.
몸이 건강하면 마음도 건강하듯
마음이 웃으면 몸도 웃는다.
몸과 마음의 거리는 1nm.

나만의 오아시스

늦은 저녁 어둡고 고요한 집을 들어서니
저 멀리 들리는 냉장고 라디에이터 소리
잘 왔냐며 오늘은 별일 없느냐며
하루 수고했다며 시원한 물 한잔 하라 한다.

한밤중 악당과 사투를 벌이다 꿈에서 깨니
문 밖 라디에이터 소리에 이끌려
냉장고를 열고 물 한잔 벌컥벌컥 들이킨다.
쓰린 가슴 가라앉히고 다시 잠을 청한다.

드라마를 보다 배에서 꼬르륵 소리에
그 순간 라디에이터는 기다렸다는 듯이
자기도 소리를 더 크게 내며 날 불러
밥때니 김치만두 구워 식사 한 끼 하고 쉬란다.

나른한 주말 오후 라디에이터는 심심했는지
숨바꼭질을 하자고 '윙~~' 소리를 낸다.
'열, 아홉, 여덟… 둘, 하나, 찾아봐라~'
냉장고 문을 열어 무언가를 찾는다.
꽁꽁 숨겨둔 건지 아무리 찾아도 보이질 않아
라디에이터는 '위잉~~' 크게 웃으며 그러기를 한참
케찹 뒤에 숨겨둔 작은 곰 젤리를 찾았다.

어느 날 요란하게 '삐~삐~' 거리며 빨리 와 보란다.
냉장고는 문이 열려 찬바람 도망간다고 소리치고
맡긴 음식들이 상할까 봐 노심초사한다.
문을 닫고 토닥토닥 그를 두드려 주며
이젠 괜찮아! 잘 보관해줘서 고마워! 위로한다.

그가 소리 낼 때면 어김없이 냉장고를 열어
이 허기를 채워줄 무언가를 찾고 있다.
불어오는 시원한 바람에 내 맘은 매료되고
오늘도 라디에이터는 나를 위해 열일한다.
여긴 나만의 오아시스.

✧

이기적 유전자

잠자다 귓가에 모기 한 마리가 앵앵거려
이 잠을 방해하는 그를 잡아 고이 죽였다.
생일 새신을 신고 길을 가다 껌을 밟아
신발에게 온갖 더러운 척을 하였다.
바쁜 출근길에 차 한대가 세치기를 하길래
경적을 울리며 마음속으로 쌍욕을 하였다.

그러던 어느 날
사랑하는 연인을 만나

함께 식사를 하고 커피를 마시며 이야기를 나눈다.

우리의 눈에 하트가 뿅뿅 떠나가지 않네

사랑을 얻기 위해 근사한 선물을 주고

마음을 얻기 위해 근사한 말들을 나눈다.

그와 함께 공원을 거닐다 사랑을 얘기할 때 즈음

나의 발은 사랑 나눔에 관심은 일절 없고

무심한 듯 개가 싸둔 똥을 밟고 있다.

이를 어찌해야 하나?

행복

누가 그랬던가요
'웃으면 복이 와요'

그러네요
행복은 멀리 있지 않네요.
웃으면 행복하답니다.

김~~치~~
치~~즈~~

| 쉼. 셋 |

✧

지금을 살아가다

;

우리는 스티브 잡스보다,

나폴레옹보다 위대하다.

지금 살아 있으니 말이다.

어느 날 욕심이 내게 찾아와

어느 날 욕심이 내게 찾아와 말을 건다.

당신 모아둔 돈 좀 달라고

그래서 난 내 돈을 모두 내어 주었다.

어느 날 욕심이 다시 찾아와

당신 튼튼한 다리 좀 달라고

그래서 난 내 다리를 내어 주었다.

어느 날 그가 다시 찾아왔다

팔을, 입을, 눈을, 귀를…

그렇게 모두 내어 주고

이젠 더 이상 줄 것이 없어지니
욕심은 더 이상 찾아오지 않았다.
그를 기다렸지만 욕심은 오지 않았다.
그가 너무 궁금해 물어물어 그의 집을 찾아가 보니
그곳엔 욕심은 사라지고
또 다른 욕망이 자라고 있었다.
머리 위에 다리가, 손에 눈이, 다리에 귀가,
그렇게 기괴한 괴물이 되어 가고 있었다.
그러던 어느 날 그 욕망은 내게 찾아와 함께 살자 한다.
아니 나를 달라 한다.
나의 마음에 자라는 욕심 그리고 괴물이 되어가는 욕망,
누가 만든 것이 아닌 내가 키우고 있는 건 아닐까?

오해

작은 오해는

마음을 물들이고 그 마음을 가져간다.

그렇게 변한 마음

그는 다시 오해와 함께

생각을 꼬드기어 무엇이든 왜곡으로 만들어 버린다.

오해는 왜곡을 다시 오해를

우릴 바보를 만드는 신종 사기이다.

Having

난,

심장을 가졌습니다.

누군가와 마음을 나눌 수 있는 내 온몸에 피를 전달해 주는

그런 따뜻한 심장을 가졌습니다.

발을 가졌습니다.

내가 가고 싶은 곳을 어디든 갈 수 있는

누군가와 함께 걸을 수 있는

그런 힘찬 발을 가졌습니다.

손을 가졌습니다.
사람들과 기쁘게 악수할 수 있는 따뜻하게 안아줄 수 있는
그런 예쁜 손을 가졌습니다.

눈을 가졌습니다.
동트는 아침과 노을 진 저녁 하루를 볼 수 있는
나의 사람들을 담을 수 있는
그런 맑은 눈을 가졌습니다.

마음을 가졌습니다.
누군가에게 사랑을 전할 수 있는 슬픔에 아파하며,
기쁨에 즐거워하는
그런 따뜻한 마음을 가졌습니다.

이것들이 없었다면
난 나의 생각과 마음을 나누거나 느끼지 못하였을 거예요.
남이 가진 것을 비교하며 불평하며 욕심을 부렸어요.
아파했어요.
부족한 것에 목매지 않는 것, 가진 것에 감사하는 것

그것은 Having

함께 하고 싶은 건

함께 하고 싶은 건

손잡고 걷기

여행하기

친구들 집으로 초대하기

생일잔치하기

놀이터에서 뛰어 놀기

눈 내린 날 눈싸움하기

공원에서 자전거 타기

찜질방에서 삶은 계란 먹기

수영장에서 물놀이하기

부루마블 게임하기

숨바꼭질하기

낱말 맞추기

잠잘 때 기도해 주기

또 뭐가 있을까?

꼭 안아주기

트리하우스

어느 날 들 한쪽에 트리하우스가 지어졌다.
이곳은 무엇이든 할 수 있는 마법의 나라.

오대양을 떠다니는 캐리비안 해적선이었다.
친구들과 모여 해적놀이를 하였다.
"내가 이 배의 선장이다. 모두들 나를 따르라."
"선장! 저 멀리 또 다른 해적이 나타났어."
"우린 해적이다, 모두들 사격 준비."
모두들 각자의 위치에서 적을 무찌르기 위해 맹렬한 기

세로 전투태세를 갖췄다.

"발사."

그러곤 우리는 새총으로 저 멀리 놓여 있는 돌멩이 해적을 공격했다.

"선장, 모아둔 작은 돌멩이들이 모두 떨어졌어."

"배를 내려가서 빨리 돌멩이를 주워 와야 해."

"알았어 선장."

사다리를 쉼 없이 오르내리며 돌멩이를 주워 오고 다시 공격하기를 반복하다 마침내 서 있는 돌들이 모두 넘어졌다.

"와, 우리가 해적을 무찔렀다."

"잘했어, 우리는 세계최강이야."

해적들과 한바탕 전투를 하며 우리는 그렇게 하루 하루를 보냈다.

이곳에선 두려울 것이 없었다.

세계적으로 유명한 영국의 오페라하우스였다.

친구들과 뮤지컬 '소꿉놀이'를 하였다.

"나는 아빠할게, 너는 엄마, 그리고 너는 아들, 너는 할머니 그리고 너는 할아버지해."

"그럼 시작이다."

세상에서 가장 위대한 뮤지컬 공연이 시작되었다.

제1막

"나 회사 다녀올게."

"다녀오세요 아빠, 다녀오세요, 여보."

사다리를 내려갔다. 다시 올라왔다.

"나 회사 다녀왔어요."

"와 아빠다, 잘 다녀오셨어요. 맛있는 거 사오셨어요?"

"응 그래! 여기 돌 아이스크림, 모래 과자 사왔어."

"자 모여봐 맛있게 먹자."

"와~ 이거 진짜 맛있는 건데, 내가 제일 좋아하는 건데, 잘 먹겠습니다."

"오늘은 어떻게 지냈어?" 아빠가 물었다.

"만들기하고, 숙제하고, 친구랑 게임하고, 또 뭐했지?"

그러기를 잠시

"야 이제 바꿔. 내가 아빠할게. 너가 아들해."

제2막

"숙제 다했니?"

"안 했어요. 내일하면 안 되요?"

"숙제도 안 하고 놀면 어떡하니?"

"너 꿈이 뭐였지?"

"과학자요."

"그럼 공부해야지."

"공부는 싫어요. 아빠 놀아주세요."

상황은 이상하게 흘러갔다.

그러다가 갑자기 나무 아래에서 진짜 아빠가 나를 불렀다.

"아들! 이제 밥 먹으러 가자."

"네 아빠."

"이제 그만할까?"

"그래 내일 또 하자. 내일은 내가 아빠할 거야. 잘 가."

친구들과 헤어지고 아빠와 집에 오는 길

"오늘 어떻게 지냈어?"

"해적놀이도 하고, 소꿉놀이도 하고"

"우리 아들 즐겁게 지내는 모습을 보니 아빤 좋다~"

"그런데 아들 숙제 다했니?"

그렇게 제3막이 시작되었다.

미슐랭이 선정한 별 다섯 개 레스토랑이었다.

한여름 가족과 함께 모여 수박을 먹었다.

"엄마, 우리 화채 만들어 먹어요."

"응, 그럴까!"

"제가 만들어도 되죠?"

"그럼 물론이지."

엄마는 우유, 얼음, 설탕, 사이다를 가져오셨고 나는 작은 요리사가 되었다.

큰 수박을 반으로 잘라 숟가락으로 수박을 퍼 내니 근사하고 큰 그릇이 되었다.

여기에 수박, 우유, 얼음, 사이다를 넣고 설탕 몇 순갈 넣으니 새콤달콤 화채가 되었다.

"오늘의 특별 메뉴입니다."

"잘 먹을게요. 꼬마 요리사님."

"와! 이거 진짜 맛있는데'"

"그럼요. 꼬마 요리사가 만들었어요."

"요리사님 고마워요! 이제 엄마 요리사가 디저트를 만들어 볼까요?"

"네. 엄마가 만들어 주는 건 모두 맛있어요."

"자 이렇게 수박 가운데 구멍을 뚫고 컵을 아래에 두면 끝, 짜잔!"

"오! 수박주스가 나오네요."

"어때 근사하지."

"많이 먹고 씩씩해지렴."

"네. 엄마."

이 레스토랑에선 신기한 음식과 웃음소리가 떠나가질 않았다.

뉴욕타임스에서 선정된 가장 학식 있는 대학교였다.

가끔은 친구와 트리하우스에 걸터앉아 붉은 노을을 보며 이야기를 나눴다.

"너의 꿈은 뭐야?"

"아직 잘 모르겠어."

"왜~?"

"그냥… 꿈이 자꾸 바뀌. 어젠 과학자, 아침에는 대통령, 오후에는 선생님, 내일은 또 뭐가 될지 모르겠어. 그럼 너는?"

"나는 돈을 많이 벌고 싶어."

"왜?"

"이 트리하우스에 엘리베이터를 만들고 싶어."

"왜?"

"할머니가 못 올라 오시거든, 엘리베이터가 있으면 쉽게 올라올 수 있잖아."

"아 그렇구나, 할머니 할아버지가 올라오시면 좋겠다."

"여기서 보면 저 멀리 태양을 볼 수 있으니까, 우리만 보기에 너무 아까워."

"아 한가지 더 있어."

"뭔데?"

"저기 먼 나라에 우리와 같은 친구들을 위해 학교를 만들고 싶어."

"와 좋은데"

"그런 너는 꿈이 뭐야?"

"잘 모르겠어, 난 꿈이 없는 것 같아."

"그래도 뭔가 있을 거야."

"없는 것 같아, 친구야 나도 너랑 같은 거 하면 안될까?"

"뭐야! 너는 진짜 꿈이 없어?"

"매번 바꿔 그리고 네 꿈이 더 멋있어 보여."

"아빠가 그러는데 살아가기 위해서 꿈이 꼭 필요하대."

"그래? 그럼, 나는 선생님을 하고 싶어."

"왜?"

"네가 학교를 만들면, 거기에서 친구들을 가르치면 되잖아."

"그래, 좋은 생각이다."

"약속하는 거다. 우리 꿈을 위해!"

"그래 약속, 사인하고, 복사까지."

"이제 게임하러 갈까?"

우리의 꿈은 자라고 있었다.

밤하늘의 별을 보는 그리니치 천문대였다.

밤이 되어 트리하우스 바닥에 누워 하늘을 보았다.

하늘에 떠있는 수많은 별들을 세다 잠이 들었다.

내가 어린왕자가 되어 우주를 날고 있었다.

"안녕, 어린왕자."

별 하나가 다가왔다.

"안녕… 별아… 넌 이름이 뭐니."

"네모별…"

"왜 네모별이야?"

"마음이 네모라서…"

"정말~ 네모난 마음이 있어?"

"응… 있지 내 친구들은 모두 네모야…"

"신기하다 내 친구들은 모두 하트인데"

"정말… 난 네모만 있는 줄 알았어…"

"네모마음은 어때?"

"음… 우린 매일 싸우고 그래."

"그렇구나 우린 매일 즐겁고 사이 좋게 지내."

"세상에~ 그런 것이 어디 있어 못 믿겠어…"

"진짜야! 아마 너가 네모마음이라 그런 것 같아."

"어떻게 하면 너처럼 즐겁게 지낼 수 있어?"

"잠깐만, 나의 보물상자에 하트가 몇 개 있거든."

"여기… 작은 하트야. 며칠 전에 친구들이랑 만들어두었거든."

"하트를 만들 수 있어?"

"응. 이걸 가져가서 친구들에게 나눠 줄래."

"너무 작은 거 아니야?"

"친구들과 즐겁게 지내면 하트가 점점 커질 거야, 그때가 되면 나눠 줘도 돼."

"고마워."

"너와 친구들이… 싸우지 않고 즐겁게 지내면 좋겠어. 그리고 마음은 나누는 거래, 다음에는 친구들이랑 같이 놀러와."

"물론이지… 고마워… 나 너 친구해도 돼?"

"당연하지."

"그래 고마워, 어린왕자야! 이제 갈 시간이야 저 멀리 해가 뜨고 있거든."

"그래 또 만나자 네모별… 아니아니 하트별."

"안녕~"

잠을 깨니 네모별은 사라지고 들녘 너머 해가 떠오르고 있었다.

이곳은 내 꿈을 키워 가는 마법의 나라
나만의 트리하우스

말 좀 하고 살게나

동물도 아닌 것이

서로 말을 알아듣지 못하면

그것이 뭐 사람인가

말 좀 하고 살게나

그리고, 좀 듣게나.

✧

작은 상자

나를 작은 상자 안에 가둔다.

상자 안의 나는 그것이 온 세상인 듯 자로 재며

빈틈없이 살아가려 해

이리저리 마음을 옮기고 부산을 떤다.

함께 들어갈 수 없는 이 작은 상자

그 안에 홀로 누워 네모난 작은 하늘을 본다.

내 마음과 실랑이를 하다 잠든 사이 누군가

이 작은 상자를 발로 찬다.

작은 바람에도 세상 밖 소리가 전해지네
몸은 점점 더 굳어지고 더 이상 누울 수 없어
있는 힘껏 그 작은 상자를 걷어 차버린다.

세상 밖으로 나온 나는 이제 그 무엇도 없네
나를 보호해줄 작은 상자도 내가 누울 편안한 자리도
하지만 상자 밖의 세상은 놀라움으로 가득하다.
내가 보지 못한, 경험하지 못한 세상들
난 상자 안이 내가 살아갈 온 세상인 줄.

애벌레가 단단한 껍질을 깨고 나비가 되어 날아가듯
내가 만든 작은 상자를 깨고 나와 이 넓은 세상
나비처럼 날아본다.
그 작은 상자는 마음의 상자.

하루살이같이

하루살이는 내일을 알까?
오늘이 그의 시작이고 삶의 마지막인 것을 모르는지
그저 바삐 날아다니기만 한다.

인간은 삶의 끝이 언제인지 알까?
생의 끝이 저 멀리 있다 착각하며 살아가는 건 아닌지
그저 바삐 살아가기만 한다.

내일이 있음보단,

오늘이 삶의 끝이고 내일은 새로움의 나 이리

이 하루를 사랑하며 살아가야만 한다.

하루살이같이.

거짓말

내가 나를 속인다 참을 알면서도 거짓을

이 마음 들키지 않으려 잘난 척, 힘든 척, 불편한 척

아무렇지 않게 하는 말들 잠시 모면하려 하는 말들

거짓은 또 다른 거짓을, 나를 속이고 또 속이고

거짓말로 가득 찬 나는 점점 사라져간다.

낙엽 하나

낙엽 하나

바람에 몸을 신고 굴러 다닌다.

지나가는 차 사이를, 사람들 사이를

간신히 피해 어디론가 가고 있다.

자기의 삶이 얼마 남지 않은 듯

갈 길을 잡지 못하고 이리저리 굴러다닌다.

어느 순간 그는 내 발 앞에 멈춰서

나를 잡아달라 내 발을 간지럽힌다.

붉은 옷을 입은 낙엽은

그간 여러 상처들로 온몸이 상처투성이가 된 그는
남은 삶을 아는 듯 말없이 그저
날 바라보기만 하고 있다.
그를 고이 주워 맑은 물에 씻어 창가 그늘에 말려주니
어느 날 그는 내 책 속에 들어와 곤히 잠이 들었다.
책을 펼 때면 그는 웃는 얼굴로 나를 맞아준다.
그러곤 우린 함께 여행을 떠난다.

인생의 시공간

담장 너머 보이는 낡은 기와집 하나
잠시 과거로 돌아가 나를 만난다.
봄이 되면 제비를 기다리며
여름이면 툇마루에 앉아 수박을
가을이면 감나무 익어가는 홍시를
겨울이면 마당에 쌓인 눈에 발 도장을.

차를 달려 다다른 곳은 빌딩 가득한 도시 한복판
바쁜 출근길 길가의 꽃들이 피어나 봄을 알리며

무더운 여름 비행기에 몸을 싣고 여행을

사랑하는 이와 낙엽 떨어지는 가로수 길을

캐롤이 울릴 때면 예쁜 케익 하나 들고 집으로.

메타버스와 같이 인생은 시공간을 넘어

또 다른 공간으로 넘어간다.

오늘은 또 어떤 꿈들이 기다리고 있을까?

창 넘어 들어오는 아침 햇살을 맞으며

새로운 날들을 머릿속에 그린다.

삶의 걸음

두발 일으켜 삶의 먼 길을 떠나

들 한 켠의 꽃밭에 다다를 때 꽃들과 나비들이 나를 반긴다.

그들과 함께 춤추며 그 향기에 내 맘 취해 본다.

개울 만나 지친 내 발을 담그고 흐르는 물에

내 맘 흘려 보낸다.

홀연히 서있는 나무 아래 앉아 숨찬 가슴 달래고

나뭇잎과 바람이 만들어 내는 노래에 내 맘 날려 보낸다.

삶의 무겐 때론 무겁고 때론 나비처럼 가벼움을.
이 길은 내가 선택한 길이고 내가 만들어가는 것임을.
그 삶의 걸음은 때론 잠시 멈춰 지나온 길을 돌아보며
옳고 그름이 아닌 살아감에, 쉬어감에 감사하리.
그렇게 걷다 언덕을, 웅덩이를, 자갈밭을 만나
그 삶의 길들을 걷다 보면 이 심장 더 단단해진다.

어느덧 만난 들판은 나를 반겨 그 넓은 품으로
나를 안아주니,
그 넓은 도화지에 내 꿈들을 그려본다.
떠다니는 구름 위에 작은 소망들 적어 보내며
다시, 삶의 걸음 내딛는다.
뛰는 심장과 함께 내가 좋아하는 것들을 사랑하며.

너와 함께 걷는다

바삐 움직이는 사람들 사이로
저 멀리 걸어오는 너를 보았어
맑게 웃으며 내게 다가와 준 너
너를 볼 때면 내 마음은
항상 웃음이 떠나질 않아
오늘은 무얼 할지 무얼 먹을지
재잘대는 너의 모습에 난 세상 다 가진 듯
아무것도 두려울 것 없네.
너와 함께 걷는 이 길

그 길이 꿈을 꾸고 삶을 나누는 길이 되며

서로에게 든든한 친구가 되길

오늘도, 너와 함께 걷는다.

✧

우주는 내가 되고
나는 우주가 된다

우주도, 지구도, 별도 아닌 나

지구가 만든 아주 작은 태풍, 지진에도

눈에 보이지 않는 미세한 바이러스에도

난 먼지처럼 사라질 수 있어

누군가의 죽음에도 아파하고, 슬퍼하는 그저,

아주 작은 피조물임을.

하지만, 내겐

그 우주를 품을 수 있는 마음

하트처럼 생긴 조그만 마음이 있어

저 하늘의 별도, 저 달도,

그 어떤 것도 이 마음에 담을 수 있음을.

이른 아침 밝게 떠오르는 태양을 이 마음에 담아

세상을 밝히고

내 소원들을 어두운 밤하늘 반짝이는 별들에 담아둔다.

그렇게,

우주는 내가 되고 나는 우주가 된다.

✧

젊은 날

피부가 뽀송뽀송하던 젊은 날
머리가 검은 날들을 우린 그리워한다.
한달음에 산을 오르던 젊은 날
눈이 맑았던 날들을 우린 그리워한다.

언제나 우린
지나간 젊음을 그리워하며 살아간다.
지난날 꾸었던 꿈을 다 하지 못한 아쉬움을 간직하며
하루하루 그날들을 회상하며 돌아가지 못함에도 그리워한다.

그날은 이미 지나간 날
돌아오지 않는 날들을 그리워한들
신이라고 해도 다시 돌려놓지 못하니
그냥 추억으로 족하다.

그것들을 빼고 나면 오늘은 어떤 날인가?
내 삶에 가장 젊은 날
오늘이 지나면 이 젊은 날은 다시 돌아올 수 없으니
오늘을 즐기며 앞으로의 날들을 고대하며 기대하며
내일을 준비하며 살아간다.

많이 즐기고 행복하길
많이 감사하며 나누길
많이 꿈꾸고 내일을 준비하길.

오늘이 지남을 아쉬워하기보단
내일이면 또다시 내 삶에 가장 젊은 날을 맞이하면 된다.
우린 젊은 날만 살아가는
복 받은 젊은이이다.

그 사랑 나도 사랑한다

내 심장아!
어딜 가려고 이리 바삐 길을 재촉하는 거니?
나는 여기 잠시 쉬었다 가고 싶은데.

오늘은 잠 좀 더 자고 일어나면 안될까?
그런데 너는 뭐 그리 즐거운지 모르겠다.
어제와 같지 않은 너 요즘 좀 이상하다.
말해 봐 뭐 고민 있니?

그러고 보니 오늘 따라 너가 많이 긴장해 보인다.

무슨 큰일이라도 난 거니?

말 좀 해봐,

아무 말 없이 뛰기만 하고 내 마음을 가만두지 않네

작은 카페에서 그 사람을 만났다.

그런데 심장이 몸 둘 바 몰라 한다.

가만 좀 있어라 심장아 너 때문에 내가 더 긴장된다.

이제 알 것 같다. 너 사랑에 빠졌구나!

그래 알았다.

그 사랑 나도 사랑한다.

일단은 말야

똥마렵니?

일단, 화장실을 가서 변기에 앉아 봐

배고프니?

일단, 냉장고 열어 우유라도 먹어 봐

머리 아프니?

일단, 두통약 한 알 먹고 잠을 자

부자되고 싶니?
일단, 복권 한 장 사고 그리고 자기 일해

고민 있니?
일단, 밖을 나가 걸어 봐 걸을 수 있는 만큼

월급받았니?
일단, 먹고 싶은 것 사먹고, 나머지는 알아서 해

생일이니?
일단, 생일파티해 나를 위해서

좋은 일 있니?
일단, 자랑해 괜찮아 그럴 자격 있어

일단은 말야. 가만히 있지 말고
뭐라도 해 봐 조금씩 조금씩
생각만으로 바뀌지 않는 것 알지

덤

만약, 오늘이 삶의 마지막 날이라면?
내일은 없으니 하루 행복하면 좋겠네

만약, 내일이 주어진다면? 그건 덤이 아닐까?
덤으로 생긴 인생, 어떻게 살고 싶은가?

힘든가? 그 꿈조차 꾸기 힘든가?
종이 한 장 꺼내어 그 힘듦을 적어 날려 보내

그리고 다른 종이에 꿈을 적어 봐
내가 무엇을 하고 싶은지

그것을 꿈꿔 보라, 조금씩 실천해 보라
그 꿈으로 오늘 하루도 행복할 것을

그 꿈 놓지 마라, 오늘은 어제의 내일이니
그 꿈 위해 살라, 그것은 덤이니.

중요한 건

날씨가 중요한 건,

가만 있지 않고 춥고 덥고 때론 비바람도 치기에

일기예보를 확인하고 미리미리 잘 챙겨야 해

인생도 날씨와 같아 변화무쌍하니 잘 챙겨야 해

감정을 자주 들여다보고,

지난날을 참고하여 내일을 생각하고 준비하고

어제의 행동이 오늘과 내일의 결과로 나온다는 것을.

사람이 중요한 건,

내 뜻대로 움직이지 않아 로봇이 아니기에

그들과 함께 살아가는 것 중요하고 잘 챙겨야 해

그리고 내가 부족하면 배움이 필요해

살아가는 방법, 대화하는 방법,

마음을 나누는 방법 등을 배워야 해

나의 말과 행동을 통해 그들이 행복해진다는 것을.

건강이 중요한 건,

멀쩡하다가도 어느 날 갑자기 아픔이 찾아오기에

우리의 몸과 마음을 잘 챙겨야 해

검진을 자주하고, 몸이 이상을 느낄 때 버려두지 않고

병원을 찾아 확인하고 치료하고

몸과 마음은 하나로 연결되어 있어.

아프면 서로를 힘들게 하지,

즐거우면 더없이 좋은 친구가 되고.

오늘의 운동은 내일의 건강의 시작인 것을.

잠자리가 중요한 건,

잘못 자면 아무리 좋은 계획도 하루가 뒤죽박죽이 되기에

좋은 꿈을 꾸고 에너지를 충전해야 해

악몽을 꾸면 꽝이야. 그러니 잠자기 전에는

마음을 다스리는 음악을 듣고, 책을 읽어

꿈꾸는 내가 되는 거야.

길몽을 꾸었다면 사람들에게 나눠 줄래. 참 근사하지 않아?

오늘의 꿀잠은 보약이고 새로운 꿈들의 시작인 것을.

쉼이 중요한 건, 쉼 없이 달리는 말은 없어,

뭐든 쉼 없이 움직이면 고장이 나기에

쉬어가며 마음을 다스리고 닦아주고

때론 빛을 쬐어 줘야 해

지금의 일들을 잠시 내려놓고

따뜻한 햇볕 아래 나가 걸어 봐 그리고 큰 숨을 쉬어 봐

날숨일 때 모든 불안들이 날아가고

들숨일 때 새로운 꿈들로 채워질 거야

그러니 쉼은 곧 내일을 살아가기 위한

에너지가 된다는 것을.

음식이 중요한 건,

삶을 지탱해 주는 에너지이기에

항상 좋은 것, 신선한 것 먹으려 노력해야 해

욕심부리지 말고 많이 먹으면 안돼.

욕심은 불필요한 살을 만들거든

건강하게 먹고, 맛을 즐기고, 늘 음식에

감사함을 가져야 하지

맛있는 음식이 있다면 나누고 싶은 사람과 함께 먹어 봐.

이것이 삶이고 이것이 행복인 것을.

✧

그러니

무얼 그리 걱정하고 있니

조금 늦어졌다고 그러니?

무얼 그리 불안해하고 있니

못할 것 같아 그러니?

생각이 많아 그런 거야

많다는 건 그만큼 고민하고

잘 마무리하려 노력한다는 것 아닐까?

그러니 넘 걱정 말고

조금씩 노력해 봐

늦었다고 그냥 멈추면

그 생각 쓰레기가 돼

지금까지 고민하고

노력한 것들 아깝지 않니?

틀리든 맞든 완벽하지 않든

뭐든 해 봐 마무리 지어

그런 다음 그 생각을 내려놓아

그럼 넌 성공한 거야

다음을 위한 작은 성공.

그러니,

조금 늦어도 괜찮아.

| 쉼. 넷 |

✧

삶을 이어가다

;

나란 존재는

저절로 만들어지는 것이 아닌,

삶을 이어가며 만들어 가는 것이다.

우주사랑

우주는 반짝이는 별들을 말없이 사랑한다.
태양도, 달도, 지구도, 수많은 별들도
그 별들은 저마다 사연을 가지고 있다.
그 사연들을 우주는 말없이 들어주며 지켜주고 있다.
그 우주 만물을 모두 한 없이 넓은 가슴에 담고
기쁠 때나 슬플 때나 함께 웃어 주고 울어 준다.
미우나 고우나 별들을 보살핀다.
그렇게, 우주는 그 사랑 아낌없이 나눠 준다.

태양은 세상 만물들을 뜨겁게 사랑한다.
낮이나 밤이나 이글거리는 심장으로 빛을 만들어낸다.
자신이 뜨거운지도 모르고 수만 년 동안 빛을 만들어
세상 친구들에게 빛을 나눠 준다.
그 빛은 겨우내 얼었던 얼음을 녹이고, 땅을 녹이고,
새싹을 틔우니
꽃이 피는 따뜻한 봄이 찾아온다.
뭐가 그리 즐거운지, 기쁜지, 우리가 좋은지,
뜨거운 심장으로 빛을 만들어 나눠 준다.
그렇게, 태양은 우릴 한없이 사랑한다.

달은 지구를 짝사랑한다.
하루 한번씩 꼭 나에게 얼굴을 비추며 안부를 묻는다.
구름에 달이 보이지 않는 날
지구는 걱정이 찾아왔다. 오늘은 왜 안 올까?
어디가 아픈 건 아닐까? 괜찮겠지?
그렇게 걱정에 뜬눈으로 잠이 든다.
하루가 지나고 밤이 되니 달이 다시 찾아왔다.
'어젠 네가 안 보여 보고 싶었어'

그렇게, 지구도 달을 사랑한다.

우린 모두 사랑의 존재란 걸.

✧

응, 알았어

아빠 이것 좀 해줘

응, 알았어

엄마 이것 좀 해줄래요

그래 알았어

애야 이것 좀 해줄래

알았어요 이렇게 해드릴까요?

저기요, 이것 좀 해줄래요

네 물론이죠

여기요, 이것 좀 해줄래요

네 그럼요. 무얼 도와드릴까요?

세상에서 가장 흔한 말

하지만 든든한 말

세상만사

세상이 눈을 뜨기 전 이른 새벽 잠에서 깨어

늘 가던 곳을 걷는다.

매일 같은 길을 거닐어도 불어오는 미세한 바람에

길가에 떨어진 작은 나뭇잎 하나에

비가 온 후 촉촉한 날씨에도

전해져 오는 느낌은 다르고

배움도 다르게 다가와

그것들이 합이 되어 새롭게 해석되어

오늘을 알아간다.

나를 알아간다.

세상은 점점 밝아오니 잠자던 생물들이 하나 둘 깨어나
오늘이란 날을 알린다.
악보의 도돌이표와 같이 매일매일 오늘이 시작되고
늘 지나오는 하루를 시작하지만
같은 하루를 살아도 그 삶은 생물처럼 변해 간다.
내가 다르고,
세상 일이 다르니 말이다.

어느덧 하루의 끝자락에 해는 저물어 어둠이 다시 찾아오면
우린 집을 찾아 다시 길을 나선다.
늘 가던 길로 돌아오지만 생각은 복잡해지고
근심도 많아진다.
무얼 잘하였는지 무얼 못하였는지 하나하나 돌아보며
아침에 왔던 길을 다시 걸어와도
삶은 똑같지 않고 그러하지 않네.
그것은 생각이 변하고,
나도 변해 가기 때문이다.

매일

같은 침대에 누워 잠을 청해도

같은 밥을 먹고 같은 대화를 나눠도

날이 변하듯 나도 변하여 지금을 머물며

세상 모든 것들과 함께 새로운 것들을 만들어 간다.

세상만사는

내가 만들어 가는 세상

이 사람아

이 사람아!

그것도 모르니.

네 인생 누군가 대신 살아주지 않아

그러니 열심히 살아보게나 즐겁고 행복하게

매일 매 순간 행복하게 살 수 없지만

바둥바둥 들고 있는 것 내려놓고 잠시나마 쉬렴

행복은 멀리 있는 것이 아니라
바로 이 순간 행복하면 행복한 거야
눈치 보지 않고 웃을 수 있으면
누군가 사랑할 수 있는 마음 있으면
따뜻한 식사 한 끼 할 수 있으면
비바람 피해줄 자리 있으면
걸을 수 있으면, 숨 쉴 수 있으면

행복은 마음먹기에 달렸어
욕심 부리지 말고 작은 것에 감사해 봐
그것이 행복 아닐까?

✧

완벽한 부모가 있을까?

좋은 부모가 되고 싶다.

어떻게 하면 좋은 부모가 될까 우린 늘 고민한다.

사랑스런 부모

존경받는 부모

믿음직한 부모

삶의 나침반이 되어 주는

이야기 나눌 수 있는

함께 울고 웃을 수 있는

어려움도 함께 헤쳐 나가는
곤히 자고 있을 때 그들을 위해 기도하는
그런 부모가 되고 싶다.
이런 완벽한 부모가 있을까?
될 수 있을까?

아마도 이 세상에 없을 것 같다.

하지만 한가지
좋은 부부라면 될 수 있지 않을까?

마음그릇

신은 각 사람에게 마음그릇을 나눠 주었다.

누구에겐 종지 그릇

누구에게 큰 접시

저마다 마음그릇을 가지고 살아갔다.

하지만 사람들의 불평이 많아졌다. 내 마음그릇이 작다고. 어느 날, 신은 그들에게 마음그릇을 바꿀 수 있는 기회를 주었다.

너도나도 신이 나서 만세를 외쳤다.

모두들 신전으로 달려 갔다.

그 줄은 상상을 초월했다. 저마다 어떤 그릇을 선택할지 즐거워했다.

거기에는 예쁜 접시, 향긋한 잔, 공기그릇, 아주 큰 항아리 등등.

모두들 장독만 한 마음그릇 항아리로 바꿔 갔다.

그렇게 가져간 마음그릇에 마음을 담기 시작했다. 채워도 채워도 끝이 없었다.

여느 때와 같이 거기에는

불편, 미움, 불안, 화 등을 담기 시작했다.

어느 날, 이 그릇이 무거워져 들 수가 없었다.

아무 곳도 가지 못하고 그렇게 시름시름 앓다가 죽었다.

그곳은 악취가 진동하였다.

늦잠을 잔 나는 마음그릇을 바꾸지 못하였다.

내가 너무 한심했다. 아주 큰 그릇으로 바꿀 수 있었는데 기회를 놓쳤다.

하지만 나에겐 알맞은 마음그릇이었다.

삶의 추억과 모든 것이 담겨 있지 않은가.

그래서 큰 그릇은 잊고, 이 작은 그릇을 아끼고 예쁜 것들을 담아보기로 하였다.

사랑, 꿈, 믿음

어느 날, 봄이 되니 내 마음그릇에 나비들이 찾아왔다. 벌들이 찾아와 꿀을 주었다.

내 마음그릇에는 향기가 나고 있었다.

✧

폭포가 왜 폭포인 줄

폭포가 왜 폭포인 줄 아시나요?

푸푸, 파파, 포포, 치치, 카카 이상하잖아요.

우리가 우리다울 때,

사랑이 아름다울 때,

폭포가 폭포다울 때처럼,

내가 나다울 때 나는 내가 된다.

✧

우산 속

우두둑, 우두둑

우산에 부딪힌 소리

하늘에서 빗방울들이 쉴 새 없이 떨어진다.

난 우산 속에 비를 피하려 들어와 있다.

우산에 부딪힌 빗소리가 나를 두드릴 때면

비를 맞지 않으려 우산 속으로 몸을 더욱 움츠린다.

그렇게 우린 서로 실랑이를 하고 있을 때

우두둑, 우두둑

빗소리는 내게 말을 걸었다.

'조금 맞아도 괜찮아 무얼 그리 안 맞으려 노력해

왜 그렇게 바둥바둥 이기려고만 해

가끔은 져주고, 위로하고, 안아주고, 나누며

그렇게 살아가면 되잖아'

빗방울이 살갗에 떨어져 나를 간지럽힌다.

어느새 촉촉해진 내 팔과 다리

비는 나를 잡으러 온 것이 아니야

날 만나러 온 거야.

어느새 나는 비와 함께 걷는다.

괜찮아

요즘 힘들지 않아?

괜찮아. 조금 힘들지만 잘 될 거야.

요즘 바쁘지 않아?

괜찮아. 조금 바쁘긴 한데 할 만해.

얼굴이 많이 수척해 보인다. 괜찮아?

괜찮아. 챙겨줘서 고마워.

괜찮아?

응, 괜찮아. 걱정하지 말아.

사람을 편안하게 하는 말

물어봐 주는 그 마음을 알아주는 말

괜찮아.

✧

알약 하나

가끔 먹는 약 하나

동그란 알약이 무슨 효능이 있길래

먹으면 이내 스르르 낫는다.

무엇이 들어 있길래

작은 알약 하나가 이리도 신통방통하니

머리가 아프면 하얀 두통약을

배가 아프면 초록 진통제를

열이 나면 빨간 해열제를

신기한 알약 하나.

마음이 아프면 어떻게 하지?

한번에 낫는 알약 하나 없을까?

한 알 먹으면 행복이

한 알 먹으면 사랑이

한 알 먹으면 세상을 보는 총명이, 내일을 보는 혜안이

그럼 난 전 재산을 들여 평생 먹을 약을 살 건데

매일 먹을 건데

이런 약은 없어.

서랍 속 쌓여만 가는 약들

언제 이렇게 쌓아둔 걸까

이것도 필요하고

저것도 필요하고

이건 이럴 때 먹고, 저건 저럴 때 먹고

그렇게 하나 둘 모아둔 약들

약만 보면 어느 중증환자나 다름 없어

비상약 몇 개만 남겨두고 모두 쓰레기통에 버려.

마음속 쌓아둔 불필요한 것들
언제 이렇게 쌓아둔 걸까
이 마음도 필요하고 저 마음도 필요하고
그렇게 쌓아둔 작은 마음들
천사든 악마든 둘 중 하나 다름 없네
쓸데없는 마음들 모두 쓰레기통에 버려.

오늘은
어떤 알약 하나 먹어야 하나?
어떤 마음씨 하나 넣어야 하나?

꿀의 달콤함

꿀은
꽃들이 삶을 이어가기 위한
행복의 가루인 것을 알까?

꿀은
벌들이 탄생을 이어가기 위한
기쁨의 눈물인 것을 알까?

꿀이 있기에
우린 달콤함을 잊지 않고
간직할 수 있다.

말은

욕심을 말하면 욕심쟁이가

사랑을 말하면 사랑꾼이

맘에 없는 말을 하면 잊혀진다.

그렇게 말은 나를 만든다.

✧

내 마음
콩닥콩닥 뛸 때

흰 우유 상해 터지면 악취가 진동하듯

마음이 아프면 곪아 터진다.

지하실에서 갑자기 전기가 나가면 어둠이 엄습하듯

마음이 갇히면 넓은 세상을 보지 못한다.

칠판 긁으면 끼이익~끼이익~ 소리 나듯

마음이 긁히면 쿵쿵 뛰는 소리는 잡음이 된다.

창문이 깨지면 유리 조각이 사방에 흩어지듯
마음이 다치면 그 조각으로 찌르듯 아프다.

탐욕에 시작된 전쟁에 많은 시민이 희생 되었듯
마음이 닫히면 아무 말 없이 욕심만 늘어난다.

마음은 내 얼굴이다.
그 마음
행복하다면, 내 얼굴 웃음꽃 피고
고우면, 내 눈 맑아지고
따뜻하면, 내 입이 아름답고
향기 나면, 내 코가 즐겁고
노래하면, 내 귀가 평안하다.

내 마음 콩닥콩닥 뛸 때
그 마음 행복하다.

춤추는 마음공장

이른 아침 공장장은 공장문을 열어
기계들을 하나 둘 돌릴 채비를 한다.
지난밤 들어온 주문을 맞추기 위해
아침부터 공장은 쉴 새 없이 돌아가지만
어찌 된 일인지 불안, 미움들만 찍어내기만.

기계들을 잠시 멈춰 이리저리 둘러보지만
답은 없고 시간만 흘러가니 답답한 마음뿐
공장 밖 하늘을 보며 긴 한숨을 내쉰다.

나의 수고와 노력은 다 어디로 간 걸까?
누구에게도 팔 수 없는 아까운 이 마음들.

그냥 잠시 음악을 틀고 신나게 춤을 추어 본다.
이내 답답함은 사라지고 즐거움이 다시 돌아오니
공장장은 미련 없이 그 불량품들을 소각한다.
이내 기계는 다시 돌아 이번엔 감사와 기쁨들
이젠 여기저기서 주문들이 밀려드니
춤추는 마음공장은 즐겁게 돌아간다.
오늘도 쉴 새 없이 돌아간다.

✧

들판에 서 있는
전봇대 하나

들 한복판에 전봇대 하나 서 있네

아무도 찾아오지 않는 넓은 들을 큰 키로 홀로 지키고 있다.

가끔 찾아오는 새들은 전깃줄에 모여 재잘거린다.

무료함으로 하루를 보내고 해는 넘어가고

들 넘어 마을에 불이 하나 둘 켜지기 시작한다.

한 노부부는 툇마루에 걸터앉아 TV를 켜 고단한 하루를 잊고

옆집 꼬마 아이들은 뭐가 그리 신이 났는지

재잘거리며 재롱을 부린다.

해는 저물어 점점 더 어두워지고 길가 가로등이 켜지니

전기는 더욱 빠르게 전봇대를 지나 마을로 흘러 들어간다.
지나가는 전기가 간지러웠는지 전봇대는 기지개를 쭉 펴
하루 종일 굳어 있는 몸을 풀어 본다. 그리곤,
저 멀리 마을에서 일어나는 일들을 물끄러미 바라본다.
늦은 밤 TV 소리가 잦아들고, 밝게 비추던 불빛들이
하나 둘 꺼져 가니
마을은 다시 고요함이 찾아왔다.
이제 모두 꿈나라로 여행할 시간
이 시간도 전봇대는 우두커니 들판에 서 긴 밤을 보내고 있다.
그는 이 마을을 지키는 터줏대감이다.

매미의 노래

멤멤멤멤 메에엠~~

매미는 하루 종일 시끄럽게 울어댄다.

약속이나 한 듯, 이른 아침부터 울기 시작한다.

그 소리가 듣기 싫어 나는 그만 좀 울어렴 부탁한다.

내 마음의 소릴 들었는지 매미는 울던 소리를 잠시 멈춘다.

세상은 다시 평온하고 저 멀리서 새소리가 들려온다.

그러기를 잠시 매미는 합심한 듯 더 크게 울어댄다.

매미야!

이제 곧 가을이 오면 삶을 다 할 건데 왜 그리 힘들게 울고 있니.

잼 있게 살다가 가면 되잖아. 나처럼 말이야.

매미는 나를 빤히 쳐다보다 말을 건넨다.

인간아!

시끄럽게 들렸다면 미안해. 사실 우린 노래를 부르고 있어.

우리를 위해 만든 비발디 '사계'의 여름을 노래하고 있었던 거야.

아깐 잠깐 새들이 반주를 해주었지.

우리 노랫소리가 들리지 않니? 멤멤멤멤 메에엠~~

너는 지금 어떤 노래를 부르고 있니?

빨간 신호등

빨간 신호등이 켜지고
붉은 홍조 우락부락한 얼굴로
바삐 가던 길 멈춰 세운다.

발은 동동 맘은 바빠지는데
신호등은 더욱 화난 얼굴로
날 째려보며
잠시 좀 있으라 하는 것 같다.

하지만 빨간 신호등은

단지 차가운 초록불을 대신하여

따스한 얼굴로

잠깐 쉬어가라 눈짓할 뿐이다.

✧

차 한 모금
마셔본다

찻잎 향기가 방 한가득 퍼져
나의 마음 안으로 들어온다.

차 한 모금 마셔본다.
입안에서 맴도는 은은한 향기와 함께
어제의 일들을 그려본다.
누구에게 상처를 주지 않았는지, 힘들게 하지 않았는지
차 향기에 그것들을 모아 떠나 보낸다.
또 한 모금 마셔본다.
따뜻한 차가 목을 따라 내려간다.

오늘의 일들을 그려본다.
어디로 갈까, 무얼 먹을까, 누굴 만날까
어떤 일이 일어날지 그려보니 즐거움이 다가온다.

또 한 모금 마셔본다.
나의 혈관을 타고 피와 함께
내 몸 구석구석 차 향기를 전달한다.
내일은 어떤 꿈을 꿀지 어떤 일들이 일어날지
미소가 내 몸 한가득 퍼진다.

그렇게 차는 나의 삶에 쉼과 위로를 준다.
문득, 이 찻잎을 딴 그 사람의 손을 떠올려 본다.
어린아이의 고운 손일까, 어머님의 따뜻한 손일까,
아버지의 거친 손일까.
어떤 사연으로 한 잎 한 잎 정성스럽게 따고 말려
여기까지 왔을까.
그리고 나의 마음을 이리도 녹여주는 걸까, 쉼을 주는 걸까.
그에게 감사함을 전한다.
그렇게 나의 향기는 차와 함께 퍼져 간다.
다시 잔을 채워 차 한 모금 마셔본다.

잘 먹었다

하얀 쌀밥 위에 야채들을 가지런히 올린다.

맑은 참기름 두르고 붉은 고추장 한 스푼

그 위에 갓 구운 탱글탱글한 계란 하나 올리니

태양이 떠있는 우주의 중심과 같고

유혹하기 위해 멋부리는 내 마음과 같네.

여러 야채가 어울려 건강함을 더한다.

노른자를 톡 터트려 야채들을 고루 섞고

고추장으로 두루 비벼 참기름으로 윤기를 더하니

형형색색 무지개 같아

보기만 해도 절로 군침이 도네

한 숟가락 베어 입에 넣어본다.

오물오물 씹을 때마다 갖은 향기가

내 입 한가득 퍼지고 나를 웃음 짓게 해

또 한 입 먹어본다.

이번엔 당근이, 시금치가, 호박이, 고사리가, 밥알들이

질투하듯 하나 둘 나의 미각을 간지럽힌다.

또 한 입, 또 한 입 그렇게 맛과 향에 취해

덩그러니 바닥이 보일 때쯤 그제야 긴 숨을 쉬며

내 배는 한마디 한다.

'잘 먹었다.'

✧

따뜻한 햇살이 창을 뚫고

지금 무얼 하고 있니?

얼른 일어나야지

잠 자고 싶어요

조금만 더 자고 싶어요

일어나기 귀찮아요

밥 먹기 싫어요

그냥 좀 냅둬요

이러고 살다 죽게

인생 뭐 있어요
이러다 가는 거지.

에이 못난 놈
그러다 거지된다 상거지.

일어나 기지개를 펴 봐
창문을 열고 밖을 봐
큰 숨을 쉬어 봐.
네 세상이 아닌 내 세상을 꿈꿔 봐
남 따라 하지 말고 내 것을 만들어 봐.

그것도 어렵니
노트에 너의 이름을 적어 봐
사랑하는 이들의 이름을 적어 봐
너의 마음을 적어 봐.

그리고 노트를 덮고
창 밖의 따뜻한 햇살을 봐봐.

| 쉼. 다섯 |

✧

언젠가

;

언젠가,

누가 고뇌로 찬 삶을 묻는다면,

살아보면 살아지고, 돌아보면 추억이고,

웃어보면 희극인 것을

별일 없니? 그럼 됐다

별일 없니?

네. 잘 지내고 있어요. 어젠 아이들이랑 대공원 다녀왔어요.

그래 잘했다. 오늘은 고추 모종 심었어.

그래 그럼 됐다.

별일 없니?

네 잘 있어요. 오늘은 아이들이랑 수박 먹었어요.

그래 잘했다. 오늘은 고추에 지지대를 해줬어

그래 그럼 됐다.

잘 지내세요?

그럼 잘 지내지, 들에 고추가 많이 달렸어 올해는 날씨가 좋아 괜찮네.

너도 별일 없지?

네. 애들이 방학이라 제주도 여행 가요.

그래 그럼 됐다.

잘 지내세요?

그럼 잘 지내지, 고추 말렸어. 이제 공판장 가서 팔아야지. 많이 주면 좋겠어

너도 별일 없지?

네. 여행 잘 다녀왔어요. 담에 같이 가요.

그래 그럼 됐다.

아버지는 믿음이고, 그 삶은 나침반이다.

별일 없니? 그럼 됐다.

너도 잘 지내거라.

독백

입가에 맴도는 노랫소리
나의 것들을 흥얼거리며
이야기를 그리며 살아간다.
걱정과 두려움을 가진 나지만
감사함으로 하루를 시작하고
사람을 만나 이야기를 나누고
밥을 먹고 일을 하고
하루의 끝자락에서
돌아보는 이 모든 것들이

내겐 감사가 되어 돌아온다.

해는 지고 어둠이 찾아오지만

아직도 입가에 맴도는 노랫소리

지나간 삶을 보며 살아가기 보단

내일의 삶을 그려가는 것.

그렇게 수고한 하루를 떠나 보내며

노랫소리에 맞춰 마음은 춤을 추고

나만의 내일을 기다린다.

기다려지는 삶을 살아가는 것

세상이란 내가 그려가는 삶이리.

✧

하루하루 알아가

어느 날,

몸이 으스스 추워지고 열이나 아무것도 할 수 없어

약을 먹고 침대에 누워 나를 돌보았다.

며칠이 지나 다시 일상으로 돌아간다.

몸이 아플 때면,

누구보다 내가 소중하다는 걸 알아간다.

아무것도 하지 않아도 건강하던 내가

글을 읽기 위해, 무언가를 보기 위해

안경을 쓰고 내릴 때면
세월이 흐르고 나이가 들었음을 알아간다.

영원할 것 같은 누군가 나의 곁을 떠나갈 때
한동안 그것을 부정하며
무심한 신께 원망한다.
시간이 지나 아픔이 아물고 삶의 추억이 될 때면
이별이 아프다는 걸 알아간다.

밤낮 몰입하여 노력했던 일들이
나의 의지와 상관없이 실패로 돌아갈 때
그렇게 실패와 실패를 반복할 때면
실패는 힘들다는 걸 알아간다.

이런 것들이 없다면?
나도 있지 않을 것이다.
실패 없는 성공이 어디 있나?
실수 없는 배움이 어찌 있을까?

이런 것들이 나를 보게 하며

하루하루 알아간다.

소심한 친구

아무도 찾지 않는다.

작은 마음 소심은 점점 불안해진다.

심장이 바빠지고

소심은 놀이공원의 롤러코스터를 탄 것처럼

불안과 괜찮아를 반복한다.

그러기를 한참

이젠 기진맥진해지니

아무것도 하고 싶지 않고

마음은 점점 작아만진다.

어느 순간 사라지고 싶을 때쯤

누군가 그에게 '좋아요'를 꾹 눌렀다.

그 마음은 이내 녹고

소심은 다시 춤을 춘다.

좋아요에 행복하고

무관심에 불안해지는

작고 작은 마음

이 작은 마음을 내 몸에 품고 함께 지낸다.

세를 낸 건 아니지만 너무 유난을 떤다.

소심이 때문에 나까지 난처해질 때가.

소심이가 아무것도 아닌 일에

아파하지 않으면 좋겠다.

즐거움으로 가득하면 좋겠다.

너가 편안해야 내가 편안하니까

너가 불안할 때면

내가 '좋아요'를 눌러 줄게.

✧

소금 vs. 후추

가지런히 테이블 위에 두 놈이 자리 잡고 있다.

소금 그리고 후추

도토리 키재기하듯 으시대며 적당한 거리를 두고

서로를 시크하게 나 몰라라 한다.

서로 '내가 잘났다' 하며 등을 돌린 채 말이다.

누군가 테이블에 앉아 음식을 주문하고

자기를 선택할 때쯤이면 '여기요 여기요' 요란을 떤다.

'소금이요 소금, 싹싹 짠맛이 필요해요'

'후추요 후추, 슥슥 매콤함 맛이 필요해요'

둘 다 없어서는 안될 것들,
미식가는 소금 뿌리고 후추 조금 더한다.
소금이 다하지 못할 때 후추 조금이 맛을 더하고
매운 후추 맛날 땐 소금 조금이 맛을 깊게 해준다.

소금과 후추는
서로 서운할 때도 있지만 동고동락하며
오늘도 맛을 논할 미식가를 함께 기다린다.

✧

꿈 | 오늘을 살고 내일을 그려 나간다

몸은 사라지지 않고

곳곳이 변화한다.

마음도 사라지지 않고

곳곳이 변화한다.

시간이 지날 때면

몸이 변화하듯

마음도 변하고

세상도 변해 간다.

모든 것이 이렇게 변하는데
우린 꿈을 잠시 잊은 채
이 자리에 머물려 한다.
마냥 지금이 좋아 그냥 머물려 한다.

삶은 정지한 것이 아닌
흐르는 강물처럼,
바다의 파도처럼,
하늘에 떠다니는 구름처럼,
쉬지 않고 흘러가는 것.

잠에선 꿈을 꾸고
삶에선 꿈을 만들어 간다.
그 변화에 맞게
나의 몸도 마음도 변화하고
꿈은 오늘을 살아가고 내일을 그려 나간다.

✧

빛과 그림자

빛이 있기에 그림자를 알고
그림자가 있기에 빛이 더 돋보인다.

어둠은 어둠을 더 잘 알아보고
빛은 빛을 더 잘 알아본다.

빛과 그림자처럼
사람이라 불리는 우린
같은 생각을 가진 존재이거나

아니면 생각이 다른 존재이거나.

빛과 그림자가 함께 공존하듯
우리도 그렇게 공존한다.

싫어할 이유보단
이해해야 할 이유가 더 많아.

생각이 같은 존재나 다른 존재나
공존이란 공간에 우리는 남아 있고
빛과 그림자도 함께 남는다.

참 신기하다

이모티콘 하나에

마음이 풀린다

기뻐 어쩔 줄 몰라 한다.

그러다

아무도 찾지 않을 때면

아무것도 아닌 느낌이 든다.

감정은 참 신기하다.

✧

텍스트는 무죄, 마음은 유죄

감정 없는 텍스트
내가 쓰면 그의 감정으로 읽히고
그가 쓰면 내 감정으로 읽히니
텍스트는 무죄, 마음은 유죄.

✧

구독! 알림! 좋아요!
눌러주세요

아! 아!

거기 아무도 없나요? 말 좀 해보세요!

아! 아!

당신의 반응을 기다리고 있어요

그냥 지나치지 말고 나 좀 봐 주세요

내 이야기 좀 들어봐 줘요.

알림! 구독! 좋아요! 잊지 않았죠?

어젠 아무도 찾지 않아

그냥 기다렸어요

혼자 있는 기분이었죠.

아! 아!

라방 시작할게요.

라디오방송이 아니구요 라이브방송이요.

저를 찾아오시면

저와 함께 이야기를 나눌 수 있어요.

알죠! 지난번에 구독, 좋아요, 알림했어요.

내 것도 좀 해주세요.

감정이 자꾸만 이상해요.

좋아요 하나에 기뻐하고

무답에 마음은 갈팡질팡 어쩔 줄 몰라 하네요.

남 것만 구독, 알림, 좋아요만 하지 말고

당신의 삶을 구독하고

알림하고 좋아요 해보세요.

나를 구독한 사람들은 언젠가 떠나가도
내가 나를 구독하면 평생 구독이죠.
당신을 사랑해 봐요.
당신의 삶이 진짜 트루먼 쇼에요.

내일이 있다 말하지만

끔찍한 전쟁,

갑작스런 사건사고,

돌이킬 수 없는 자연재해,

생각지도 못한 건강이상 등으로.

내일은 알 수 없어.

우리에게 내일이 안 올지도 모르니

이 순간 살아있음에, 살아감에 감사해.

내일은 내일
오늘은 오늘.

내일이 오면 내일을 다시 오늘처럼 그리 살아가.

그리고,
내일은 우리가 못 볼지도 모르니 미리 말해 줄게.

'오늘을 감.사.해.
 당신을 기.도.해.
 그리고 사.랑.해.'

내가 걷는 이 길

내가 걷는 이 길,

이 길은 옳은 길인가?

내 꿈을 위한 길인가?

계획 없이 홀연히 떠난 이 길

내가 선택한 길

때론, 무덥고 힘든 길이 되고

때론, 내게 어울리는 길이 된다.

그 길의 끝이 막다른 길이 되어

다시 돌아와야 할지라도
그 길을 통해 나는 또 다른 내가 된다.

어느 고요한 길 한가운데 잠시 쉬어갈 때
비로소 나를 만나고
지나 온 삶을 벗 삼아
새로운 꿈을 꾸며 다시 그 길을 걷는다.

그렇게 길을 걷다 삶의 끝자락에 만날
삶을 넘어 홀로 떠나는 그 길 또한
내겐 새로운 길이 된다.
그땐, 또 다른 내가 되어
그 길을 걸어갈 것이다.

나를 믿어주는 사람들 있으니
사랑하는 사람들이 있으니
그 길은 혼자 떠나는 나만의 길이 아닌
감사의 길이 된다.

부정과 인정 사이

인정은 나를 믿는 것
내가 나를 믿는 것
앞과 뒤가 다르지 않고
나를 옳은 길로 나아가게 하는 것
옛것에 머물며 새것을 바라는 것이 아닌
옛것을 간직하며 새것을 받아들이는 것
나를 오롯이 믿고 인정할 때 그것은 내 것이 된다.
인정은 또 다른 인정으로 나아가는 길이 되어
완벽하지 않음을 알고
나를 변화의 순간으로 나아가게 하는 첫걸음.

부정은 나를 믿지 않는 것
내가 나를 부정하면 세상도 나를 부정한다.
앞과 뒤가 달라 내가 누군지 알 수가 없다.
그 부정은 또 다른 부정을 만들고
내가 생각한 무엇이든 부정이 되어 버려
무언가를 생각할 때마다 그것들은 사라진다.

부정과 인정 사이는
마음과 마음 사이.

마음과 마음 사이는
그냥 마음 하나.

부정은 사라지고 인정만 남는다.

삶은,
옳은 것이나 옳지 않은 것이나
모두 인정하며 살아가는 것.

자작나무 타는 소리

'자작자작' 타는 소리
자작나무 타는 소리 언제 들어도 예쁘네.

난 어떤 소리를 내며 살아가고 있을까?

무엇이든 투덜거리니, '투덜투덜' 소리가 날까?
버럭 화를 많이 내니, '버럭버럭' 소리가 날까?
아님, 아무것도 모르면서 말만 많으니,
빈 강통처럼 요란하기만 할까?

뭐든 예민하게 굴고 있으니,
언제 깨질지 모르는 유리 위를 걷는 소리일까?

도무지 알 수가 없네.

자작자작 자작나무 타는 소리
언제나 우리를 토닥토닥 토닥여 준다.

콜 마이 네임

위이잉~ 위이잉~

테이블 위에 놓여 있는 진동벨이 울린다.

날 부르는 소리

나도 몰래 벌떡 자리에서 일어나

진동벨을 주워 들었다.

느낌이 쎄하다.

내 진동벨은 잠잠하였고, 옆 테이블 진동벨이 요란하다.

그녀는 나의 행동에 키득키득 웃으며 커피를 받으러 갔다.

콜 마이 네임!

난 진동벨이 아냐 내 이름을 불러줘.

내 이름이 있단 말야

왜 날 진동벨 취급을 하는지

콜 마이 네임.

딩동 59번 신호가 울렸다.

전광판에 59번이 뜨고 그를 찾았다.

'59번 손님 주문하신 음식 나왔습니다.'

한참을 나타나지 않아 다시 59번 손님을 불렀다.

'59번 손님! 주문하신 것 나왔습니다!!!'

난 딴청을 부린다.

난 아니거든 6? 몇 번이었더라 확실히 59번은 아니야.

느낌이 쎄하다.

손님은 이제 나만 남았다. 손에 들려 있는 표에 적힌 숫자 62가 아닌 59번.

나를 부르는 번호.

콜 마이 네임!

난 임시번호가 아니야 내 이름을 불러줘

오늘은 59번, 어젠 35번, 내일은?

무슨 로또 번호도 아니고

콜 마이 네임.

✧

이 마음

마음이 찢어질 때면 두 손 모아 기도하며

모난 상처들을 하나 둘 꿰맨다.

꿰매고 꿰매어 그러다 이젠

더 이상 꿰맬 자리도 없어진 자리

상처투성이인 이 마음 누군가 받아준다면

그 누군가가 너였으면.

사람아 사람아!

사람아!

봄은 언제쯤 오니?

사람아 사람아!

사랑은 어떤 거니?

왜 두발로 걸어 다니니?

너희들이 참 신기해

하루를 시작하고 하루를 끝내고

내일을 준비하고 과거를 회상하고

오늘을 살아가는 너희들이 궁금해
먹지도 못하는 어설픈 글을 쓰고
쓸데없는 여행을 하고.

사람아 사람아!
너는 누구니? 그리고 또 사랑은 뭐니?
먹고, 자면 되는데
너희들은 뭘 그리 많이 하니
참 신기한 친구들이다.

사람아 사람아!
내게 좀 알려다오
너희들이 살아가는 삶이 뭔지
사랑이 뭔지
나도 한번 그리 살아보고 싶네.

우와… 오우… 야…

우와… 오우…

야… 멋지다!

우린 소파에 앉아 대화 중이다.

우와…

오우이야… 그림이다.

대화 중이다. 한 시간째

오우. 우와. 야… 대단하다!
어떻게 저렇게…
TV에서 나오는 스포츠 하이라이트를 보며
감탄사를 연발하고 있다.

와.
엄청나다.
이야… 엄청나다…
예술이다.

받거니 주거니
우린 지금 대화 중이다.

우와… 오우… 야…

난 말야

난 말야,

너의 웃는 모습, 투정부리는 모습,

화를 내는 모습 모두 좋아해

왜냐면 나에게 조금의 관심이 있다는 거니

그 모든 감정, 행동 하나

나를 변화하게 만들어.

난 말야,

우리가 생각이 다르단 걸 잘 알아

기계가 아니기에 어찌 마음이 같을 수 있을까
그 생각 틀림이 아니라 다름이기에
너의 마음을 이해해.

난 말야,
혼자 남아 있을 때면 니가 그리워
지금 여기 홀로 앉아 있지만 마음은 그곳으로 가고 싶어
너의 목소리에 표정에 숨결에 반응하고 싶어
널 사랑하니까.

난 말야,
지금도 핸드폰 사진에 들어 있는 너의 사진을 열어
너에게 마음을 전하고 있어
웃고 있는 너의 모습
내 마음 웃게 해
그 마음 영원하길 바래.

난 말야,
널 믿어.

ㅎㄷㄷ

'다음 역은 서울역 서울역입니다.
내리실 문은 왼쪽입니다.'

'소화기와 비상통화장치간에 안내 말씀드리겠습니다. 열차 화재 시에는 객실 통로문 옆 소화기로 초기에 진화해 주시고 객실 비상통화 장치를 이용하실 때에는 비상통화장치의 호출버튼을 누르거나 덮개를 연 후 마이크를 들면 승무원과 통화가 가능하니 비상시에 사용하시기 바랍니다. 감사합니다.'

'이번 역은 서울역 서울역입니다.
내리실 문은 왼쪽입니다.
천안이나 인천 소요산방면으로 가실 고객께서는
1호선으로 갈아타시기 바라며,
경의선이나 공항철도를 이용하실 고객께서도
이번 역서 내리시길 바랍니다.'

'스크린 도어가 열립니다.'
'발 빠짐 주의, 발 빠짐 주의'

저마다의 사연을 가지고 사람들이
타고 내리기를 끝날 때쯤
'출입문 닫겠습니다. 출입문 닫겠습니다.'
'스크린 도어가 닫힙니다. 안전하게 물러서시기 바랍니다.'

참 친절도 하셔라
전철은 끝도 없이 재잘거린다.

그러다,

톡 메시지에 잠시 내 맘 뺏겨

내릴 역을 놓쳐 버렸다.

이럴 어찌 해야 할까.

내가 정신 팔고 있을 때 가는 길 누가 안내 좀 해주었으면.

마음은 내 생각을 읽었는지

내게 나지막히 방송을 시작했다.

'이번 역은 당신이 내리실 역입니다.

다른 역으로 가면 꽝이네요.

아니면 다시 돌아오던가요.

난 당신을 제어할 수 없어요.

당신 가는 길은 당신이 챙겨요.

남 보고 챙겨달라고 하지 말고요. 알았죠.

발 빠짐도 알아서 하시구요.

내가 모든 것을 다 해줄 수는 없잖아요.

내가 얘기해 줘도 안 들을 거잖아요.

당신 맘대로 할 거잖아요.

그러니 정신 똑바로 차리고 사세요.

그런데 어쩌죠 벌써 명동역을 지났네요.

내리든가 말든가 하세요. 이상입니다.'

헐…

| 쉼. 여섯 |

✧

시(詩) 너를 만나니 나를 만나다

;
시(詩)란
바램, 마음 나누고 싶은 작은 소망
선율, 하얀 종이 위에
그려지는 마음의 노래

✧

하나. 여행을 떠나다

팬데믹이 한창인 늦가을 어느 금요일 오후 답답한 마음을 달래려 회사를 나왔다. 집에 계신 아버님께는 잠시 여행을 다녀오겠다고 말씀드리고 집으로 향하던 차를 영동고속도로 방향으로 돌렸다. 수많은 차들과 솟아 있는 빌딩 건물들을 뒤로한 채 차는 동쪽으로 달렸다. 바다를 보고 싶었다. 지난 삶의 고단함과 지침에 아무것도 할 수 없어, 지금의 삶에서 멀리 도망치고 싶어, 넓은 바다에 어지러운 마음들을 던져 버리고 싶었다. 도시를 빠져나오니 가을 수확이 끝난 넓은 들판과 간간이 보이는 굴뚝과 공장건물들, 낙엽

이 떨어지고 가지들만 남은 황량한 산, 그리고 저녁을 준비하는 시골마을 모습들이 눈에 들어왔다. 이 모습이 나에겐 왠지 모를 이질감을 주고 있었다. 내 마음과 차는 시원하게 뚫린 고속도로를 시속 100km로 맹렬히 달려가고 있는데 내 마음 모르는 듯 저 멀리 보이는 풍경들은 강물처럼 잔잔히 흘러가고 있었다.

차 밖에서 들려오는 바람 가르는 소리, 요란한 엔진 소리와 내 생각들을 빼곤 모든 것이 조용했다. 머릿속에선 지난 삶들을 떠올려 보고 있었다. 그냥 바보처럼 살아온 것만 같았다. 무엇 하나 제대로 하지 못하고 아니 할 수 없었던 나의 모습들이 영화관의 필름처럼 한 컷 한 컷 지나갔다. 실망스럽고 바보 같은 모습들만 머릿속에 남아 그것들은 그렇게 나를 조정하고 보이지 않는 작은 상자 안에 가둬둔 것만 같았고 하루하루가 끝인 양 살아가고 있었다. 사람들은 성장하는데 난 여기서 왜 그냥 주저앉아 있었고, 내가 한 지난 노력들은 모두가 어디로 갔는지 내가 하는 이야기들은 모두 핑계로 비춰지는 모습들이 나를 더욱더 힘들게 하는 것 같았다. 어딜 가나 나를 손가락질하고 쳐다보는 것만 같아 사람들을 만날 수 없고, 그런 순간이 찾아올 때면 어디 쥐구멍이라도 숨고 싶었다. 그렇게 시작된 나의 작은 생각들은 또 다른 생각들을 만들어 내고 내가 나에게 '넌 안돼, 뭐 하나 제대로 하는 것이 없니, 이것도 못하니.' 그렇게 무시와 조롱으로 스스로를 패배자로, 게으름뱅이로 물들이고 낙인을 찍고 있었다.

게으름뱅이

작은네모상자에갇혀그냥살아가는나
변화하려하지않고그냥앉아만있는나
무얼할지무얼먹을지관심없이있는나
나를무기력으로만드는난게으름뱅이
세상의변화에도나는그냥여기서있네
어딜가야할지누굴만나야할지모르며
무얼하고놀아야할지그저웃기만한나
아무것도하지않고그저누군가와주길
나는게으름뱅이상자안의게으름뱅이

고속도로 출구가 가까워지니 속초, 강릉, 양양 등 어디로 가야 할지 결정을 쉽게 내릴 수 없었고 이런 결정조차 쉽게 할 수 없는 나를 보니 마음 한편은 답답함과 실망이 찾아왔다. 그렇게 목적지를 이리저리 여러 번 바꿔 도착한 곳은 정동진. 이곳은 나에겐 가족과 친구와 함께한 추억이 있는 곳이었다. 사실 나만 아니라 많은 사람들이 이곳에 작은 추억 하나쯤은 가지고 있을 것이라 생각이 들었다. 차를 주차장에 세우고 정동진역으로 향하였다. 기차역이라고 하기에도 아주 작은 단층짜리 건물 하나에 역 간판이 없다면 역이라고 생각하지 못하고 그냥 지나치기 쉬운 기차역 하나, 그리고 바다로 나가기 위한 작은 철길 밑 통로 주변에 옹기종기 모여 있는 식당과 숙소들, 그것들을 본 순간 나는 모든 것들이 과거로 돌아가 시간여행을 하고 있었다. '여긴 친구와 왔던 곳, 여긴 아이들과 왔던 곳, 여긴 부모님과 왔던 곳, 그땐 그랬지 아직도 여기 있네.'를 마음속으로 생각하여 이곳저곳을 걸어다녔다. 새롭게 생긴 편의점 하나, 주차장 하나를 빼곤 거의 변한 것들이 없었다. 그런데 이상하게 정겹지가 않았다.

'이곳에 오면 넓은 바다는 나를 반겨주지 않을까? 바다와 이야기할 수 있지 않을까?'

막연한 희망과 설렘을 가지고 먼 길 달려 왔지만 그런 감정을 느낄 수 없었다. 그렇게 맞이한 바다이건만 빈 수레가 요란하듯 파도 소리는 시끄럽기만 했다. 지난날의 감정은 사라지고 초겨울 바닷바람이 매섭게 나를 때렸고 거친 파도는 성난 사람처럼 큰 소리를 내며 해변으로 밀려와 부서졌다.

날은 저물어 저녁이 되었고 잠잘 방을 찾아야 하지만, 방을 구하는 것이 나에게는 힘든 일이었다. 이곳저곳을 돌아다니다 결정을 하지 못하고 그냥 다시 차로 돌아왔다. 그냥 이곳을 떠나 더 멀리 가보고 싶었다. 그러다 문득 떠오른 곳이 '울릉도는 어떨까? 거긴 사람들도 많지 않고 며칠 쉬면서 울릉도 한 바퀴를 걸으면 어떨까?'란 생각이 들어 검색을 해 보니 겨울철이라 울릉도로 들어가는 배편은 포항에서만 있었다. 뭔지는 모르지만 울릉도 외딴섬에 끌림이 있어 내일 아침 8시 배편을 예약하고 잠을 자지 않고 해안도로를 따라 포항까지 내려가 보기로 하였다. 날은 이미 어두워 바다 풍경을 볼 수 없지만 가는 길에 바닷소리가 가까이 들리면 잠시 차를 멈춰 쉬어가고 다시 출발하고 그렇게 동해안 해안도로를 따라 천천히 내려가고 있었다. 도시와 다르게 시골길은 가로등 없는 곳이 많아, 차의 헤드라이트만 의지하여 구불구불한 해변길을 따라 달리고 있었다. 밤은 깊어만 가고 들려오는 파도 소리 외에 세상은 어둡고 조용했다. 얼마나 달렸을까? 옥계항, 묵호항, 동해, 삼척, 울진, 영덕까지 내려가고 있었고, 시간은 벌써 12시가 넘어 잠이 밀려오고 있었다. 화장실도 가고 싶었다. 그러다 도착한 곳은 장사해수욕장. 주차를 하고 해변으로 나가 시원한 바람을 맞으니 정신이 번쩍 들었다. 늦가을 아니 초겨울 불어오는 매서운 바람은 온몸을 얼어버릴 것만 같았고 손과 얼굴은 이내 따끔함으로 다가왔다. 배를 타기 위해 포항에 아침 8시까지 도착하면 되니 잠시 눈을 붙이고 내려가 보기로 하였다. 차 안에 들어서자 다시 온기가 밀려왔고 밖과 차 안은 문 하나 사이지만 지옥과 천당같이 느껴졌다. 뒷자리에 누울 수 있는 공간을 만들고 임시로 가지고 다니던 침낭을 꺼내 누우니 비좁았지만 꽤 아늑한 공간으로 변하였다. 잠을 청하였지만 잠이 쉽게 오지 않아 울릉도에 잠잘 장소를 찾아보는데 답답한 마음이 다시 찾아왔다. 그리고 아무도 없는 곳으로 자꾸만 멀리 도망가는 것 같아 다시 배편을 취소하고 잠시 눈을 붙이고 남쪽으로 내려가 보기로 하였다.

시간은 새벽 2시, 바닷가의 거친 강풍과 함께 날씨가 점점 추워지니 차 안의 온도도 내려가 잠이 들다 깼다를 반복하였다. 차의 시동을 켜고 라디에이터를 켰다. 몸은 움츠려 펼 수 없지만 따스한 바람이 다시 차 안을 덮어주니, 차 밖에서 들려오는 바람 소리, 파도 소리, 그리고 간간히 지나가는 차 소리를 들으니 이내 다시 잠이 들었다. 마음이 편안했다. 마치 어머니의 뱃속 같았다.

차박

밤이 깊어 침낭을 깔고 누워,
잠을 청하지만 쉽게 오지 않아
좁은 차 안 이리저리 누워 보았지만,
불편함은 쉬이 떠나지 않는다.
발을 뻗으면 머리를 숙여야…
머리를 펴면 무릎을 구부려야…
마냥 몸은 두루마리 휴지처럼
둘둘 말려 움츠려든다.

이 좁은 공간 나의 몸은 굳어만 가고,
편안한 침대가 그리운데
그렇게, 불편함과 실랑이를 하다
어느새 스르르 잠이 든다.

고요한 새벽, 창 밖은 이슬이 맺히고
작은 풀벌레 소리, 파도 소리, 바람 소리
어릴 때 듣던 자장가처럼 들려와
내 마음을 덮어준다.

마음에 따뜻한 온기가 돌고,
몸은 물속처럼 자유롭게 떠다니고,
밖에서 들려오는 자장가 소리들,
마치 그곳은, 어머니의 뱃속 같아.

몇 시간 잠을 잤을까?

이렇게 잠이랑 실랑이를 하는 사이 어느덧 어둠이 걷히고 서서히 새벽이 다가오기 시작하였다. 좀더 잠을 청하려다 일출을 보고 싶어 찌뿌둥한 몸을 일으켜 밖으로 나갔다. 차가운 공기를 한가슴 들이마시니 온몸의 세포들이 다시 하나 둘 깨어 자리를 찾아가고 있었다. 태양을 맞이하려고 하는지 지난밤 사납게 굴었던 거친 파도와 바람은 다시 잔잔해졌고 바다 너머 붉은 기운은 동쪽이 어디인지를 내게 알려주고 있었다.

그렇게 오늘을 알리는 해는 바다 너머 서서히 떠오르기 시작했다. 그 순간 머리와 마음에 떠도는 모든 잡념들은 잠시 잊고 태양과 나는 하나가 되었다. 아니, 붉게 타오르는 태양의 모습에 압도되었다. 참으로 오랜만에 느껴보는 벅찬 감동이었다. 내가 받은 것이 너무 많은데 바쁘게 살면서 그것들을 소중하게 간직하지 못하고 잊고 살아온 것만 같았다. 그리고 '나란 존재도, 힘듦도, 떠오르는 태양, 저 넓은 우주에 비하면 작고 작은 모래알 정도밖에 되지 않을까?'라고 내게 반문하고 있었다. 바다 위로 솟은 태양은 어둠을 몰아내고 세상을 밝게 비추고 있었고, 나는 오늘을 맞이하며 신께 살아갈 수 있는 힘과 용기 달라고 기도했다.

장사해수욕장을 뒤로하고 다시 남쪽으로 내려가 남쪽 끝 부산 송도란 곳에 다다랐다. 늦가을 송도의 해변은 사람들이 거의 없었다. 잔잔한 파도와 모래사장, 머리를 날개에 숨기고 낮잠을 즐기는 갈매기떼, 바다 멀리 쉬어가려 정박해 있는 배들, 바다를 건너 쉴 새 없이 이동하는 케이블카, 층층이 쌓여 있는 집들, 여러 풍경들이 내 마음을 사로잡았고, 마음은 내게 '여기서 잠시 머물다 가자, 쉬어가자' 말하고 있었다. 나도 이곳이 마음에 들었는지 그 마음을 받아주기로 하였다. 사실 부산은 잘 알지 못하였고 내겐 낯선 지역이었다. 어렸을 적 친척집에 한번, 고등학교 때 친구와 한번, 그리고 아내 친구의 결혼식 때 잠깐 다녀간 것이 다였다. 하지만 내 눈에 들어온 풍경들이 평화로워 보여 이곳에서 지난 삶을 돌아보고 나를 찾아보고 잠시 쉬어가도 좋겠다는 생각이 들었다. 그렇게 짐을 풀고 해변으로 나가 걸었다. 송도란 곳은 처음이지만 이상하게 낯설지는 않았다. 열심히 달려온 나에게 작은 선물을 받는 기분이었다.

저녁은 레스토랑에서 음식을 시켜 먹었다. 조금 가격대가 있었지만 밖으로 나가 식당을 찾고 음식을 고르고 하는 것이 싫었다. 어렵기도 했다. 그래서 그냥 쉬고 싶었다. 나에게 쉼이란 시간을 주고 싶었다.

지난 이틀 동안 700km를 운전하였다. 저녁이 되니 피곤이 몰려왔다. 지난 몇 년 동안 잠을 편히 잘 수 없었다. 수

많은 불안으로 인해 잠이 두려웠다. 하지만 이틀간의 운전으로 피곤하였는지 침대 속으로 들어가 눕자마자 잠이 들었다.

✧

둘. 길을 걷다

얼마나 지났을까? 새벽잠에서 깨어 시계를 보니 4시를 향하고 있었다. 더 자고 싶었지만 간밤에 생각들이 많아져 다시 잠이 쉽게 들지 않는다. 몇 년 전부터 여러 불안과 스트레스들로 불면증이 있었고, 긴 잠을 자지 못하고 의도하지 않게 이른 새벽잠에서 깨는 버릇이 생겼다. 창 밖으로 보이는 세상은 아직 어두웠다. 유튜브 영상을 하나 틀었다. 생물학 박사님이신 최재천 교수님의 영상이었다. 잠자기가 어려울 때 강의를 틀고 눈을 감고 듣는 습관이 생겼는데 얼마 전부터 자주 듣는 영상 중 하나였고 교수님의 강의를 들으면 삶과 인생에 대하여 여러 울림들을 내게 주었다.

그리고 잔잔한 명상음악을 틀고 내면의 나를 찾아가기 시작하였다. 지난 이틀 동안의 여정들 그리고 지난 삶의 세월들 그 사이에서 나란 존재를 찾아보고 싶었지만 이 또한 쉽게 집중할 수 없었다. 머리가 어지러웠다. 너무 많은 생각들이 줄도 서지 않고, 번호표도 뽑지 않고 서로 내 이야기를 들어달라 내 고민을 해결해달라 외치는 바람에 머리는 더 어지러워지고 가슴은 답답해졌다. 이 복잡한 상황을 멈추기 위해 노트를 꺼내 그 물음들, 생각들을 적어내려가기 시작했다.

흠모야

뭐가 힘드니?
누굴 원망하니?
넌 뭐가 되고 싶니?
무엇을 하고 싶니?
무엇을 좋아하니?
꿈이 뭐니?
무얼 가지고 싶니?

무얼 바꾸고 싶니?

나란 존재는?

…….

수없이 들려오는 물음들. 지금은 아무런 답을 할 수가 없었다. 그냥 눈물이 흘러내렸다. 꿈이 무엇인지 내가 누구인지 알 수가 없어 답을 할 수가 없었다. 지난날을 돌아보면 그냥 패배자로 살아온 것만 같았다. 아픔들만 남아 있는 내 자신이, 아무것도 할 수 없는 내 자신이 그냥 미웠다. 신께 원망하기도 하였다. 얼마나 울었을까?

그 물음들에 답할 수 없어, 이것들과 함께 걸어보기로 하였다. 답은 없지만 마냥 주저 앉아 있을 수는 없었다. 날은 밝아 바다 넘어 태양이 떠오르고 있었고, 그 태양은 나를 반기며 오늘 하루 함께 살아가자 말하는 것 같았다.

간단하게 아침을 먹고 물 한 병 챙겨 호텔 밖으로 나가 걷기 시작했다. 어디가 어디인지는 몰랐지만 나에게 던지는 질문들과 함께 마음 닿는 곳으로 길을 걸었다. 송도는 서울과 다르게 산이 많아서 길이 바르지 않고 언덕이 많이 있었다. 조금만 올라가면 바다가 보이고 산비탈에 겹겹이 지어진 집들, 거미줄처럼 얽혀 있는 길들, 언덕에 오르면 멀리 보이는 부두와 배들, 그 길들을 걸으면서 '홍콩이랑 많이 비슷하네'란 말을 여러 번 되뇌었다. 우리 가족은 몇 해 전 홍콩에서 1년 정도 살았는데 그곳의 느낌이 많이 다가왔다.

그렇게 걷고 또 걸었다. 처음엔 해안 산책로를 따라 걷고, 용궁구름다리를 돌아보고, 암남공원 산책로를, 수산물 도매시장으로, 배가 정박해 있는 부두를 가보고, 냉동창고들이 즐비한 부두를 지나 감천사거리에서 어디로 갈지 몰라 한참을 서성이다 다시 언덕을 올라 감천동 좁은 골목들을 여기저기 지나 남부민동으로 자갈치시장으로 국제시장으로 책방골목으로 충무동 새벽 시장으로, 물고기들을 경매하는 공동 어시장으로 그냥 마음 가는 대로 길을 걸었다. 갈림길이 나오면 잠시 서서 길을 선택하고 막다른 골목이면 다시 돌아 나와 새로운 길을 찾아 걸었다. 정답은 없었다. 오답도 없었다. 그렇게 길을 따라 이곳저곳 걷다 보니 '우리의 삶도 길과 별반 다르지 않겠지?'라는 생각이 들었다. 막다른 골목이 나오면 다시 돌아 나와 다른 길을 가면 되고 큰 길을 만나면 속도에 맞춰 달려가면 되고 때론 신호등에 멈춰 서면 잠시 쉬었다 가면 되니, 길과 삶이 같게 느

껴졌다.

내 인생도 이런 길들을 지나 여기까지 왔겠지 하였다. 수많은 선택의 순간에 어떤 길로 갈지 고민하다 선택한 길들, 잘못 들어 갔다가 돌아오기도 하고 실패를 맛보기도 하고 또는 성공을 맛보기도 하고 이 모든 것들이 지금의 내가 아닐까. 어느 것 하나 뺀다면 그건 아마 내가 아닌 일부만 복제된 비슷하게 생긴 가상의 나일 것이다. 그렇다! 삶은 좋든 싫든 현재까지의 결과물이다. 내일은 또 오늘까지의 결과물인 것이다. 나는 이 삶들을 어떻게 만들어 갈 것인가 고민하기 시작하였다. 삶에는 정답이 없고 오답도 없다. 지금까지도 그랬고 앞으로도 그럴 것이다. 하지만 그 결과들이 좀더 나를 성장하고 더 나은 곳으로 가기 위한 길들이 되면 좋겠다. 또한 누군가에게 도움을 주고 도움을 받으며 함께 살아간다면 어제보다 나은 내가 되면 되지 않을까? 그리고 매일매일 '어제의 나보다 나아졌는지? 무엇을 배웠는지?' 알아가면 되지 않을까?

이곳에 머무는 동안 매일 밖으로 나가 걸어다녔다. 길을 나설 때마다 나에게 새로움이 다가왔다. 어릴 적 이야기들, 나의 성장들, 가족이야기, 나의 꿈들, 차근차근 그것들을 꺼내어 함께 길을 걷고 있었다. 그 시간 동안 길은 말없이 그 길을 나에게 내어 주고 있었다.

아침이면 바다 넘어 떠오르는 태양을 맞이하였다. 붉은 빛을 돌다가 태양은 모습을 드러내었다. 어느 날은 바다 위에서 어느 날은 구름 위로 솟아나는 태양이 이글거리며 세상을 밝혀주고 있었다. 때론 구름에 가려 보이지 않았지만 아쉬움보단 또 다른 내일을 기다렸다. 긴 밤의 어둠은 사라지고 하루가 시작되었다. 바다에 부딪혀 반사된 빛은 나의 마음을 밝게 비추고 있었다. 해변을 거닐 때면 바다는 말없이 나를 위로해 주었다. 망망대해를 넘어 이곳까지 와준 파도가 고마웠다. 맨발로 해변을 거닐 때면 잔잔한 파도는 내 발을 간지럽히며 장난치고 있었다. 그는 내게 말하고 있었다. 삶을 이어가라고 힘듦은 이곳에 내려놓고 가라고, 그리고 꿈을 꾸라고. 그리곤 홀연히 파도는 산산이 부서지고 다시 먼 여행을 떠났다.

파도의 운명

망망대해를 넘어 먼 길 달려와

해변에 부딪힌 파도는 산산이 부서진다
무얼 전하려 이렇게 멀리까지 왔을까
아마도, 파도는 하얀 물거품을 만들어
누군가 남긴 삶의 발자국들을 지우기 위해
서로를 밀어주며 여기까지 왔나 보다

이리저리 뛰어다닌 아이의 발자국
두 손 잡고 걸어간 연인의 발자국
홀로 먼 길 걸어온 한 노인의 발자국
사람들이 남긴 수많은 삶의 발자국들

그 모래 위에 누군가 다시 발걸음을 옮긴다
이내 파도는 그 발 가까이 다가와
어떤 생각하냐며 그의 발을 간지럽힌다
말없이 그를 어르고 달래며 씻어준 뒤
그러곤 다시 미지의 세계로 떠나간다.

그곳에선 또 어떤 사람들이 기다리기에
잠시 쉬지 못하고 다시 먼 길 떠나가는 걸까
파도의 운명은 천성이다

✧

셋. 나를 만나다

하루하루 이곳들이 눈에 익히어 갔다. 어제 왔던 골목들, 어제 보았던 건물들, 이 길로 가면 어디를 만나고, 저 길로 가다 막다른 골목을 만나면 다시 돌아 나오고, 이곳을 지나면 바다 풍경들이 나오고, 이곳에 오면 사람 살아가는 냄새가 나고, 그렇게 머리에 지도를 그리며 나만의 세상을 담고 있었다.

그러던 어느 날 좁은 골목길을 걷다 내 마음속 울고 있는 한 어린아이를 보았다. 나의 몸은 이렇게 성장하여 인생을 살아가고 있는데 내 마음 한구석에 움츠려 있는 어린아이, 그 아이는 나의 모습이었다. 나를 누르고 있던 감정들이 보이기 시작했다. 마음 한편에서 울고 있는 아이, 누구도 사랑해 주지 않는 아이, 아니 나조차도 좋아하지 못했던 그 아이는 내 손잡아달라 손을 내밀고 있었다. 돌아보니 그동안 나를 보이지 않는 작은 상자 안에 가두고 살아온 것 같았다. 누굴 탓하고 누굴 미워하고 남의 잘못을 말하여 살아온 나 자신을 보게 된 것이다. 난 그저 어른아이였다. 몸은 어른인데 마음은 아직 철없는 아이, 아니 아이들보다도 못한 덩치만 크고 생각과 마음은 자라지 못한 아이로 남아 있었던 것이다.

어른아이

하루하루 삶을 지나 어른이 된 우리
무얼 할지 먹을지 몰라 투정부리며
가진 것 나누지 못하는 덩치 큰 우린
생각은 아직 자라지 못한 어른아이

세상 것 내 것인 양 으스대며 살아간다
내 생각과 고집만 우기는 고집불통

내 말은 맞고 남 말은 틀리다는 우린
우린 아이보다 못한 덩치 큰 어른아이

우린 어른일까?
고집쟁이 아이일까?
이 작은 마음에 무얼 심으려 하는 걸까?
무엇을 그리며, 바라며 살아가는 걸까?

내 안에 살아가는 작은아이
바쁜 삶 달려오느라 돌보지 못한 아이
혼자 울며 나를 안아달라 소리친다
하던 일 잠시 내려두고 그를 품에 안으니
작은아이는 방긋 웃으며 나를 바라보다
어느새 그는 내 품에 안겨 스르르 잠이 든다.
우린 사랑이 필요한 어른아이

그 아이를 달래 그와 함께 길을 걷기 시작하였다. 그 아이가 힘들어하면 잠시 쉬어가고, 울면 함께 울고, 그 아이가 웃으면 함께 웃고, 재잘재잘 이야기를 하면 들어주고 그렇게 함께 걸으며 여행을 하다 보니 그 아이는 하루하루 밝은 모습을 조금씩 찾아가고 있었다. 그렇게 나란 아이는 내게 다가왔다.

이번 여행은 내게 많은 것들을 주고 있었다. 늘 여행을 가면 시간이 아까워 하나라도 더 봐야 하고, 사진으로 남겨야 하고, 그것이 여행이라 생각하였는데 이번 여행은 많은 곳을 찾아가기보단 나를 찾아가는 여행이 되어 가고 있었다. 걷다 힘들면 쉬어 가고, 멋있는 풍경이 나오면 쉬어 가고, 심장이 빨라지면 쉬어 가고, 그렇게 쉬어 가다 다시 걸을 마음이 생기면 발을 내딛었다. 지금까지 나는 나/삶/인생/꿈 등에 대하여 많은 고민을 하지 않고 생각 없이 살아온 것 같다. 늘 누구의 아들로, 누구의 남편으로, 아빠로, 친구로, 동료로 내게 주어진 책임을 위해 살아가고 그래야만 잘 살아 간다라고 생각하며 지내온 것 같다. 그럴수록 더 외로움과 공허함이 찾아왔다. 나란 존재는 사라지는 것만 같았다. '나는 누구인가?' 한걸음 한걸음 걸을 때마다 과거의 나를 만나고, 오늘의 나를, 그리고 미래의 나를 만나고 있었다.

나, 나, 나

어제의 나 오늘의 나 또 다른 나

무얼 찾고 무얼 배워가는지

어제의 나보다 나아졌는지

오늘의 나는 어제의 내가 아닌 또 다른 나

어제까지 살아준 나를 떠나보내며 오늘의 나로 살아간다

하루하루 새로움을 가지며 나를 만들어 간다

어제의 나는 오늘의 나를 위해 살아옴에 감사하며

오늘의 나는 내일의 나를 위해 삶을 이어가네

어제의 나

오늘의 나

내일의 나

우린 서로 영원히 만날 수 없는 공간에 있지만

서로를 응원하는 친구가 되어

나란 삶을 이어간다

심장은 나를 위해 24시간 쉬지 않고 움직인다. 심장이 멈출 때 나의 삶도 멈추는 것이다. 좋든 싫든, 즐겁든 즐겁지 않든, 행복하든 행복하지 않든, 이것들은 나의 마음 상자에서 네가 선택하는 것이다. 그리고 이 선택들이 모여 지금까지 온 것이고 현재의 나의 모습이다. 누구를 탓할 수 없다. 하지만 앞으로의 삶을 어떻게 그려 나갈지는 나의 선택에 달려 있다. 매일 매 순간 완벽한 삶을 살지는 못할 것이다. 다만 나의 선택이 옳은 선택이고 어제의 나보다 조금 더 나아지려 노력하고 어제의 나를 통해 배워가면 되지 않을까? 이렇게 배운 지식과 지혜들을 나눠 주면 되지 않을까? 언젠가 미래의 내가 되었을 때 지금의 나를 보며 웃을 수 있지 않을까?

내겐 이름에 대하여 작은 고민이 있었다. 나의 이름은 참 특이하다. 너무 유니크해서 살아오면서 같은 이름을 보지 못하였다. 아마 이 지구에서, 아니 우주에서 유일하지 않을까? 그런데 아름다운 이름에도 내게 아픔이 있다. 아니 '내 마음에 가지고 있는 아픔'이라 말하는 것이 맞을 것 같다. 왜냐하면 이름은 아무런 감정이 없는 그냥 글자이니 말이다. 그럼에도 신기하게 이름은 살아 움직인다. 나를 울리기도 하고 웃게도 하고 사랑스럽게도 한다. 참 이상하지 않나?

이곳에 처음 도착하여 숙소를 예약할 때 "이름이 어떻게 되나요?" / "구흠모입니다"라 말하였다. 돌아오는 대답은 "구… 훙모요?" / "흠모하다 할 때 흠모요." / "아 구흠모요 감사합니다." 늘 이런 식이다. 이름이 특이하고 발음하기가 어려워 듣는 사람들은 대부분 한번에 알아듣지 못한다. 그래서 난 늘 내 이름을 물으면 "구흠모입니다… 흠모하다 할 때 흠모입니다." 이렇게 길게 이야기를 한다. 사실 오래전에 내 이름을 그다지 좋아하지 않았다. 남자이름 같지 않았다. 착하게만 살아야 할 것만 같았고, 발음도 어려웠고, 이름이 너무 유니크하여 싫었다. 그런데 이번 여행을 통해 이 이름이 좋아지기 시작했다. 누구나 흠모할 만한 이름, 이름처럼 누구를 흠모해 줄 수 있는 이름.

나의 이름

언제 불러도 흠모할 만한 이름

사실, 난 내 이름이 싫었다.

사람들은 나의 이름을 잘 부르지 못한다.

'현모야', '홈모야'라 한다.

친구들은 나를 호모라고 놀린다.

군대에서는 내 이름 소리가 작다고 혼났다.

누군가에게 내 이름을 불러주면

어느 누구 하나 한번에 알아듣지 못한다.

훈모, 현모, 흥모, 헝모, 형모… 꼬리에 꼬리를 무는 나의 이름들

그래서 누군가 이름을 물으면… 난 "흠모할 때 흠모… 구흠모예요."

내 이름은 있는데 내 이름은 없었다.

시간이 지나 지금은 내 이름이 좋다.

그냥 좋다.

왜?

나의 이름이니까.

나를 흠모해 주고 누군가를 흠모할 수 있으니까.

✧

넷. 시를 만나다

둘째 날 길을 걷다 보수동 책방골목을 만나게 되었다. 좁은 골목들 안으로 들어가니 책방마다 쌓여 있는 수많은 책들과 착한 가격들이 나를 사로잡았다. 책장에 매대에 책들을 이리저리 둘러보다 읽었던 책들, 아이들에게 읽어주던 책들을 만나면 그때의 기억이 떠올라 기분이 좋았고 반가웠다. 읽고 싶은 책들을 보면 사고 싶었지만 모두 가져갈 수 없어 읽고 싶었던 책 몇 권만 구했다. 리처드 도킨스의 '이기적 유전자', 요나스 요나손의 '창문 넘어 도망친 100세 노인', 류시화 시인의 '새는 날아가면서 뒤돌아보지 않는다'

책을 사 들고 다시 길을 걸어 송도로 돌아왔다.

사실 돌아보면 책을 그리 많이 읽지는 않았다. 늘 바삐 살아가는 사람들처럼 지내며 책과는 멀리하며 살아온 것 같았다. 팬데믹이 닥치고 당연하다고 생각했던 것들이 그렇지 않음을 알았을 때 그것들을 할 수 없어 그리움과 외로움이란 공간으로 빠져들고 있었고 게으름뱅이처럼 내가 만든 작은 상자 안에 빠져 있었다. 그렇게 하루하루를 지내던 어느 날 책장에 꽂혀 있는 시집 하나가 눈에 들어왔다. '사랑하라 한번도 상처받지 않은 것처럼' 류시화 시인이 만든 시집이었다. 몇 해 전 함께 일하던 상무님이 회사를 떠나면서 시집을 하나 선물로 주셨는데 책꽂이에 꽂아 두고 읽지는 않았다. 사실 시를 그다지 좋아하지 않았다. 늘 자기계발서와 전공서적들을 골라 읽으며 나를 발전시키기 위해 노력하고 있었던 것 같다. 그런데 어느 주말 오후 등산을 다녀와 쉬고 있을 때 그 시집이 내 눈에 들어왔고 시집은 내게 말을 하고 있었다. 한 장 한 장 책장을 넘기며 삶을 돌아보기 시작하였고 시들은 내 마음을 다독여 주고 있었다. 특히 알프레드 디 수자님의 시가 나의 마음을 다시 뛰게 하였다. 꿈을 다시 꾸는 것만 같았다. 패배자처럼 느껴졌던 마음들이 꿈을 가지고 다시 살아갈 수 있는 조그마한 용기의 불씨가 살아나고 있었다.

춤추라, 아무도 바라보고 있지 않은 것처럼.
사랑하라, 한번도 상처받지 않은 것처럼.
노래하라, 아무도 듣고 있지 않은 것처럼.
일하라, 돈이 필요하지 않은 것처럼.
살라, 오늘이 마지막 날인 것처럼.

-알프레드 디 수자

이번 여행 중에 걷지 않는 시간에는 책방골목에서 가지고 온 책들과 함께 시간을 보냈다. 가장 먼저 손에 들어온 책은 요나스 요나손의 '창문 넘어 도망친 100세 노인'이었다. 한 장 한 장 넘길 때마다 나는 알란 칼손 할아버지와 친구가 되어 이야기 속으로 들어가 함께 여행을 하고 있었다. 그의 어린 시절과 지금의 시절 100세 노인이라고 하지만 나보다 멋있는 삶을 살아가는 이야기에 마음을 뺏기고 말았다. 그렇게 그와 100년의 시간을 함께 여행을 하다 마지막 책장을 닫았을 때 내겐 하나의 물음이 싹트고 있었다. '만약, 내가 100세가 되었을 때 창문을 넘어 새로운 세상으로 넘어갈 수 있을까? 아니, 지금 내가 가두고 있는 네모난 상자를 뛰어넘어 새로운 세상을 맞을 수 있을까? 변화시킬 수 있을까?' 바로 답하기는 어려웠지만 그 동안 '내가 만든 작은 상자 안에 갇혀 변화하지 않으려 하고 있었구나'란 생각을 가지게 되었다. 100세가 넘은 칼손 할아버지는 창문을 넘어 도망친 것이 아니라 세상이 가두고 있는 보이지 않는 벽들을 넘어 앞으로 가고 있었던 것이다. '나도 가능할까? 가능하겠지? 가능할 거야! 그럼 가능하고 말고!' 심장은 다시 뛰고 있었다. 100세 할아버지의 이야기를 통해 나의 마음은 조금씩 변화되고 있었고 가두고 있던 마음의 상자들을 하나씩 걷어내고 있었다.

그리고 다음으로 눈에 들어온 책은 리처드 도킨스의 '이기적 유전자'였다. 첫 장부터 어려운 질문들을 쏟아내고 있었다. 보이지도 않는 유전자가 뭐 그리 중요한지 그리고 왜 이기적이라 말하는지 알 수 없었다. 한 줄 한 줄 이해하기가 꽤 난해한 책이었고 작가가 하는 내용들을 받아들이기 어려운 책이었다. 내게 성선설과 성악설 중 어느 것이 옳다라고 물으면 성선설이 더 맞다고 생각하며 살아왔다. 인간의 본성은 착하고 삶을 살아가다 악을 가질 수 있다고 생각하였다. 하지만 책을 읽는 내내 유전자가 어떻게 살아

남는지를 유전자가 나를 선택한다는 내용이었고 유전자는 생존을 위해 변이하고 적응하며 살아간다는 것을 알게 되었다. 즉 나는 유전자에 의해서 움직이고 선택되어진다는 것을 그리고 나의 생각도 감정도 유전자들에 의해서 변화된다는 것을 그리고 다른 사람과 다름을 알게 되었다. 같은 단어라고, 공감이라도, 이야기라도 사람마다 다르게 받아들인다는 것을 이해하게 되었다.

그리고 마지막으로 읽은 책은 류시화 시인의 산문집 '새는 날아가면서 뒤돌아보지 않는다'를 읽었다. 삶을 어떻게 살아가야 하는지 타인과 나를 어떻게 대해야 하는지 많은 질문과 고민에 대답해 주고 있었다. 글들 중 '상처 주고 상처받기'란 글이 생각난다. 한 여성이 인도를 여행하다 욕을 가장 먼저 배웠다는 이야기인데, 그 여자는 욕을 먼저 배워 남이 욕을 하면 함께 욕을 하였고 그 욕으로 인해 사람들과 멀어졌다. 그 욕설로 상처받은 것은 타인도 있겠지만 가장 먼저 그녀 자신이라고 하였다. 이 글을 읽고 나는 '맞아, 내가 더 아파했고, 내가 내게 상처를 주었구나'라는 생각이 들었다. 내가 여러 일들로 남을 탓할 때면 내가 먼저 아파왔고 내 마음이 더 힘들었던 것이었다. 좋은 말 좋은 감정들이 많은데 나는 작은 실수에 화를 내고 있었던 것이다.

책을 통해 난 어디든 여행할 수 있고 누굴 만날 수 있었다. 피곤하면 책을 내려놓고 잠시 쉬어 가기도 하고 다시 책 속으로 빠져들어 주인공과 여행을 하고 있었다.

책을 읽으면서 글을 쓰면서 짧은 물음을 내게 던지고 있었다. '글은 무엇일까?' 그냥 글자들이 모여 있는데 이야기 속으로 여행을 떠나며 마음을 움직이고, 메시지를 주며 또한 나의 이야기를 담아둘 수 있다는 것이 참으로 신기했다. 내겐 글은 메타버스였다. 요즘 메타버스란 말들을 많이 하였다. 초월이란 단어의 메타(meta)와 우주를 이야기하는 유니버스(univers)의 합성어로 가상의 세계를 만들고 그곳으로 여행을 하며 살아가는 가상의 공간을 말한다. 인터넷과 시스템들이 발달하면서 별이 나고 지면서 우주가 만들어지듯 가상 세계들이 만들어지고, 사라지고 있다. 가상 세계라고 하면 1999년에 나온 영화 '메트릭스'가 생각난다. 주인공인 레오가 가상의 공간에서 총알을 피하는 장면은 압권이었다. 사실 이 영화도 메타버스의 세계를 보여주고 있었다.

더 올라가면 메타버스의 원조는 무엇일까? 아마 글이 아닐까? 100년 전 이야기인 셜록 홈즈를 읽으면 타임머신을 타고 순간이동을 하여 그의 이야기에 빠져들어 함께 수사를 하고 사건을 해결한다. 기원전 2000년 전 만들어진 그리스 신화를 읽으면 그리스 시대로 넘어가 그들과 함께 문명을 이야기하고 있다.

메타버스

글은 나의 메타버스가 된다
사라지지 않고 그곳에 남는다
하루가 지나 여러 해가 지나도
글은 살아 움직인다
때론 그곳으로 여행을 떠나고
때론 또 다른 여행을 위해 잠시 덮어둔다
오늘은 어떤 여행을 떠날지
무얼 남길지 가슴이 뛴다
글은 살아 내가 된다

송도에 머무는 동안 머리에 떠오르는 생각들을 종이에 적기 시작하였는데, 간직하기 싫은 것들은 종이에 적고 버렸고 잊혀지기 싫은 생각들도 하나 둘 옮겨놓기 시작하였다. 글을 통해 나를 알아가고 시를 통해 내 마음을 노래하며 나를 지금의 자리에 머물게 하지 않고 조금씩 앞으로 나아가게 만들었다. 지난 기억들, 지난 삶들을 종이에 옮기고 그렇게 생긴 그 빈자리에 다시 새로움을 채워가고 있다. 그 중 하나가 시였다. 시는 그렇게 내게 다가왔고 친구가 되어 주었다.

내게 시(詩)란?

내게 시란,
바램, 마음 나누고 싶은 작은 소망
선율, 하얀 종이 위에 그려지는 마음의 노래
우주, 시간과 공간을 초월한 마음속 세계
너, 너에게 다가가는 나의 마음
나, 내가 나를 만나는 시간
우린, 시 안에 함께 머문다

✧

다섯. 여행을 마치며

며칠을 생각하고 떠난 여행이었지만 이곳 부산 송도에서 열흘을 머물게 되었고 더 머물고 싶었지만 다음을 기약하며 다시 집으로 향하였다. 차는 빌딩 숲을 지나 다시 고속도로를 달려 도시를 빠져나왔고 멀리 보이는 풍경들, 이젠 이질적으로 보이지 않았다. 그 풍경들은 내 마음과 함께 조금씩 조금씩 흘러가고 있었다.

이번 여행을 돌아보면 나를 만나고 나를 찾아가는 여행이 된 것 같다. 처음 나의 자리를 박차고 나올 땐 외로움, 힘듦, 스트레스를 견디지 못해 멀리 도망가 보고 싶어 시작한 여행이었지만, 그 시간이 내겐 누구의 간섭도 없이 발걸음 속도에 맞춰 길을 걷고, 수많은 물음들에 대해 답을 찾고, 그리고 나를 찾아가는 시간이 되었던 것 같다. 또한 이번 시간을 통해 책과 시를 만난 건 내겐 큰 행운이 아닐까. 나를 돌아볼 수 있었고 시를 통해 그것들을 담을 수 있었다. 또한 시에 모든 것을 다 담을 수 없기에 버려야 할 것과

간직해야 할 것들을 나눌 수 있었다.

마지막으로, 내가 사랑하는 사람들을 더 깊이 이해하고 그들을 더욱 사랑하게 되었다. 이 세상에 태어나게 해주신 부모님, 사랑하는 나의 아내와 두 아들, 나를 아들처럼 사랑해 주시는 또 하나의 부모님 그리고 나와 함께 해준 동료와 친구들. 그들이 있기에 내가 지금 여기 있고, 살아갈 수 있음을 이젠 알게 되었다.

삶은 살아갈 때 삶이라 부른다.
심장은 오늘도 콩닥거리며 내게 작은 소리로 말하고 있다.

삶을 이어가라.
그리고,
살아 있다면 사랑하라.